http://www.bbulmedia.com

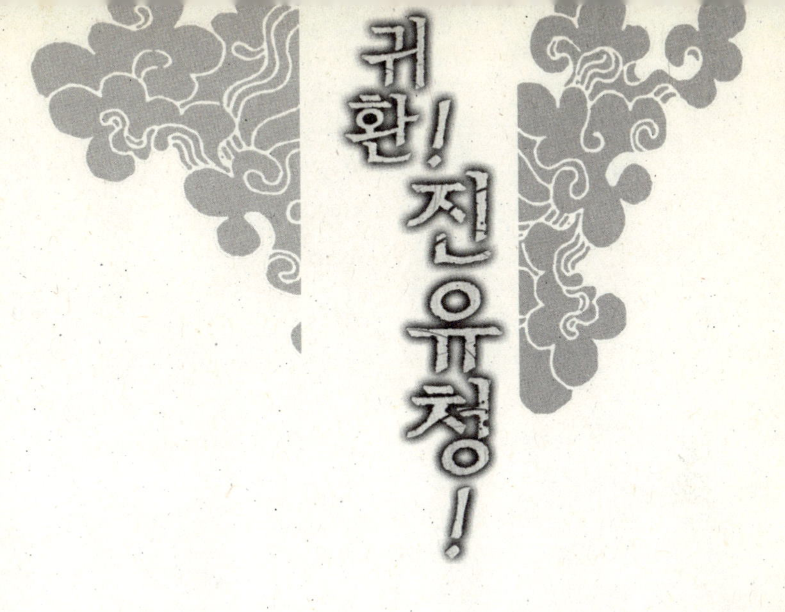

귀환! 진유청!

귀환! 진유청!

12

두 번째 걸음!

로토 신무협 장편 소설

뿔미디어

목차

第一章

황궁의 어느 하루!

“강 천호가 서안에 와 있다지?”

도지휘사 박찬희가 서류를 훑어보다 말고 도지휘첨사인 기신양에게 물었다.

“네, 일전에 있었던 일과 연관이 있는 겁니다.”

그러니 아무 상관 말고 모르는 척해 달라는 대답이 돌아오자 박찬희의 미간에 주름이 잡혔다.

사실 기신양은 제법 쓸 만한 자로, 제 일신의 영화만 탐하여 이리저리 줄을 옮겨 타며 위험한 모험을 하는 황학용 같은 이에게 물들기는 아까웠다.

한데 어쩌다 한 번, 선택을 잘못하여 계속 끌려가게 된 것이다.

박찬희로선 안타까웠다.

"자네가 알아서 하리라 생각하네만, 당장 눈앞의 것에
만 정신이 팔려 있으면 정작 중요한 걸 놓치게 되는 법이
네. 폐하께선 무서운 분이시니 괜히 엉뚱한 일에 휘말려
자네가 해를 입는 일은 없길 바라네."

"대인께선 걱정이 참 많으십니다. 제 일은 제가 알아서
하니, 신경 쓰지 않으셔도 됩니다."

찔리는 게 많았던 기신양은 고마운 마음보다 불편함이
컸기에 정색을 한 뒤 입을 꾹 다물었다.

더 이상의 대화는 거부하겠다는 뜻을 확실히 표현한 거
다.

"흠. 이 노인네가 쓸데없는 말은 했나 보네. 이만 나가
보게나."

박찬희가 혀를 찬 뒤 결재가 끝난 서류 뭉치를 정리해
기신양에게 내어 줬다.

기신양은 얼른 서류를 받아 챙긴 다음, 고개를 숙여 보
이고 박찬희의 집무실을 나섰다.

이대로 시간을 지체했다간 또 무슨 말을 들을지 몰라
겁이라도 먹은 사람처럼 후다닥 사라지는 기신양의 뒷모
습을 물끄러미 바라보던 박찬희가 나직하게 중얼거렸다.

"아무래도 수상하군."

기신양의 과한 반응이 한층 강한 의혹을 불러일으켰기

때문이다.

그것은 이번 일과 얽혀 있는 문제들이 그 자신이 예상했던 것보다 더 클지도 모른다는 반증이 돼 다가왔다.

조용히 머릿속을 정리하던 박찬희가 가만히 흰 수염을 쓰다듬으며 눈을 감았다.

주변에서 은밀하게 저를 감시하는 시선이 느껴진 탓이다.

박찬희는 이런 상황에서 저가 믿고 쓸 수 있는 이가 누가 있을까 떠올렸지만 바로 생각나는 이가 없었다.

왜냐하면, 가장 적당한 인물인 윤중현이 황학용의 지시로 화산파가 있는 곳으로 향했으니까.

만약 그게 박찬희를 꽁꽁 묶어 옴짝달싹 못하게 하려는 저들의 수작이었다면 반은 성공한 거다.

대신 그러한 일련의 상황을 살펴보게 된 박찬희의 의혹이 점점 더 깊어진 것까지야 어쩔 수 없었겠지만.

박찬희는 원래 그 일에서, 입도 손도 대지 않고 조용히 물러나 있을 작정이었다.

자신의 판단이 옳다고 여겼지만, 그렇다고 해서 황학용의 선택이 틀렸다고 완전히 확신할 수는 없는 것 아니겠나?

폐하께서 당신의 의제에게 만큼은 다른 이들에게 하는 것과는 비교도 할 수 없이 많은 걸 허락해 주신다는 걸 잘 아니까.

변덕 심한 그분께서 이번엔 무얼 주셨는지, 솔직히 어찌 그 속내를 다 헤아릴 수 있을까.

나쁜 일엔 남을 대신 세우고, 좋은 일엔 남을 밟고 저가 얼굴을 내미는 황학용 같은 이가 전면에 나서서 거침없이 행동하는 것 또한 한몫했고 말이다.

한데 이대로는 곤란하다. 불충한 일 앞에서 타협하고 눈 돌리고 있는 건 아닌가 하는 자책감을 더는 용납할 수가 없었다.

"그냥 조용히 확인만 해보는 거니, 괜찮겠지?"

박찬희가 작게 입술을 달싹였다.

마치, 그래도 된다는 허락을 제 귀에 들려주기 위해서인 것처럼 딱 저에게만 들릴 정도의 크기로.

그가 부스럭거리며 자리에서 일어났다.

남 앞에서 저를 다 털어 보여줄 만큼 속없는 이가 아니고서야, 누구에게나 숨겨둔 한 수는 있는 법 아니겠나?

특히나, 섬서의 도지휘사를 마지막으로 은퇴할 퇴물 관리라 할지라도 한때는 한가락했던 전장의 장수였고, 온갖 음험함을 이겨내고 지금까지 버틴 박찬희라면 더욱더.

"갑갑하군. 오랜만에 말이나 좀 달려볼까?"

뒷짐을 진 채 누군가에게 들으라는 듯이 슬쩍 목소리를 높여 중얼거린 그가 마구간으로 향했다.

박찬희가 오랜 친우에게 선물받은 애마를 아주 아낀다는 걸 모르는 이는 도지휘사사에 없었으므로 딱히 의심할 이유가 없는 행동이었다.

그리고 그날 밤, 오래된 마구간지기 중 한 명이 고향에 계신 어머니가 아프시다는 전갈을 받고 다급히 도지휘사사를 빠져나갔다.

"오늘 모임도 안 나오면, 정말 제명될지도 모른다."

대학사의 자제인 윤경이 섭선을 좌르륵 펼쳐 살랑살랑 바람을 일으키며 말했다.

"난 그런 모임에 들어간 적도 없다니까?"

이경찬이 한숨을 푹 내쉬며 고갤 젓자 윤경이 눈썹을 치켜 올렸다.

"이건 앞으로 황태자 전하를 모실 우리 젊은 문인들끼리 친분을 다지고, 서로를 좋은 방향으로 이끌어주기 위해 갖는 모임으로 태자 전하의 측근이라면 누구나 자연적으로 가입돼 있는 거다."

"그러니까, 그냥 난 빼달라니까? 자연적으로 가입된 거니 자연스럽게 탈퇴당할 수 있는 기회도 주라, 응?"

돌아온 대답에 윤경의 눈가가 푸들거렸다.

섭선으로 얼굴을 반쯤 덮고 있어 확신할 순 없지만, 가려진 입에선 소리 없는 구시렁거림이 계속 쏟아져 나오고 있으리.

"형부상서 어르신께서…… 아, 현재는 근신 중이시니 보직도 정지 상태라 굳이 그렇게 부를 필요야 없겠지만."

이경찬을 힐끔거리며 안 해도 될 설명을 덧붙인 뒤 실수인 척하는 걸 보니 제 처지를 자각시키려는 모양.

하여간 질리지도 않나 보다.

저런 게 이경찬 자신에겐 통하지 않는다는 걸 이제 알 때도 됐는데, 아직도 어떻게 써먹어 보려 안간힘을 쓴다.

"이경찬, 너. 내 말 듣고 있는 거냐?"

확인까지 꼭꼭 해가면서.

"응. 계속해. 우리 아버님이 왜?"

"그러니까…… 형부상서 어르신께 문제가 있다고 해서 너무 의기소침하지 않아도 되니 모임에 나오란 거다. 다른 녀석들이 핍박을 하거나 시비를 걸면, 내가 막아줄 테니까."

으응?

다른 때와는 조금 다르지 않나. 분명 시비를 거는 거라고 여겼는데, 좀 더 보니 은근히 신경을 써주는 거 같기도 하고?

이경찬이 고개를 갸웃거리며 윤경을 빤히 보자 그가 섭선을 치켜들어 얼굴을 완전히 가렸다.

속내를 읽히고 싶지 않은 것 같지만, 저 행동 자체가

윤경 자신답지 않게 앙숙처럼 지내는 이경찬에게 먼저 손을 내밀어 놓고 계면쩍어 하고 있다는 걸 여실히 보여주고 있었다.

왜들 이러지?

왜 이러지, 가 아니라 왜들 이러지가 된 것은 현재 이경찬에게 이렇게 뜬금없는 호의를 보이는 게 윤경 하나만이 아니기 때문.

때마침 다가오고 있는 양효림은 이미 며칠 전부터 상태가 이상했던 것이다.

"윤경, 네가 왜 여기 있냐?"

"그러는 효림, 너는? 나는 아버님을 따라 입궐한 김에 태자 전하께 문안 인사를 여쭙기 위해 잠시 들른 차였다."

"나도 그렇다."

받아치는 기세가 심상치 않다. 양효림과 윤경, 둘 사이로 번개가 튀었다.

진짜 뭐지, 이것들?

중간에 낀 상태가 된 이경찬이 눈동자를 데구르르 굴리는데, 양효림이 윤경에게서 고개를 돌려 그를 직시했다.

"윤경이 또 널 곤란하게 하고 있는 건 아니었나?"

"어엉?"

"나 같은 무인 출신이야 잘 모르지만, 문인 출신끼린 이런저런 알력이 있지 않냐? 형부상서 어르신 일로 괜히 저 녀석이 고깝게 굴지나 않을지 걱정돼서 말이다."

양효림, 니가 언제부터 날 걱정해 줬다고 이래?

이경찬은 양효림의 번쩍이는 눈빛을 받고 있노라니 왠지 소름이 돋아 슬그머니 소맷자락 속으로 손가락을 집어넣어 팔뚝을 벅벅 긁어댔다.

뭐, 잘못 먹었나, 애들이 꼭 쌍으로 정신이 가출한 것처럼 구네?

예전에 유청이 녀석이 채환이를 끌고 학관을 뛰쳐나와 북경으로 왔을 때, 태자 전하의 심술궂은 시험으로 인해 편을 나눠 맞붙었던 일로 사이가 완전히 틀어져 그 뒤로 자신들은 서로 소, 닭 보듯 무시하거나 자잘한 걸로 싸우기 일쑤 아니었나?

혹시 이렇게 급반전하여 사이가 개선될 만한 계기가 있었던 건 아닌가 하고 애써 떠올려 보지만, 아무리 생각해 봐도 없었다.

진짜, 정말, 하나도…… 말이다.

자신과 저들은 여전히 먼지 한 점 거칠 것 없이, 맑고 깨끗한. 완벽하게 아무 사이 아닌 관계였다.

안 좋은 쪽으로 찾아봤다면 이것저것 주렁주렁 걸리는 게 많았겠지만, 어쨌든.

이경찬이 자기들로 인해 머리에 쥐가 나든 말든 양효림은 제 할 말만 했다.

"오늘 금의위 쪽 사람들과 가벼운 술자리가 있는데, 생각 있으면 와라. 태자 전하께서 아끼시는 초린대에도 금의위 출신이 많고 앞으로도 금의위에서 초린대로 가는 이들이 적지 않을 테니…… 미리 안면이나 익혀둔다 생각하면 좋겠지."

그의 말이 끝나기 무섭게 튀어나온 대답.

"안 간다. 아니, 못 간다!"

딱 잘라 거절하는 목소리는 이경찬의 것이 아니다. 양효림이 눈가를 잔뜩 찡그린 채로 반박했다.

"윤경, 네가 나설 일이 아닌 거 같은데?"

"경찬이는 나와 함께 태자 전하를 위하는 젊은 문인들의 모임에 가기로 했다."

"진짜냐?"

양효림이 이경찬을 돌아봤다.

아니라고 하면, 윤경의 입장이 곤란해질 테지만, 그렇다고 없는 얘길 할 수도 없는 노릇이지 않나.

"초대는 받았지만, 아직 대답은 하지 않았다."

이경찬으로선 최대한 윤경의 체면을 고려해, 배려를 더한 대답을 한 거였지만 양효림에게 중요한 건 그런 게 아닌 듯.

"대답한 적 없다는데, 어디서 거짓말이냐?"

양효림은 윤경을 노려보고, 추궁당한 윤경은 원망스러

운 눈으로 이경찬을 쏘아본다.

마지막으로 이경찬은…… 두 사람을 번갈아가며 바라봤다. 아주, 어이없다는 표정으로.

혹시 새로운 괴롭힘 방법인가?

이경찬은 진심으로 그렇게 생각했다. 그리고 이, 물고 물려 있는 어색한 분위기에서 빠져나갈 수 있는 방법을 필사적으로 고민했다.

차라리 예전처럼 싸움을 걸면 절대 수그러들지 않고 빳빳이 고개를 처든 채로 뭐든 맞받아쳐 줄 수 있을 텐데. 이런 괴랄(怪剌)한 상황이 되고 보니 어떻게 상대해야 할지 모르겠다.

"쯧, 쯧."

머릴 쥐어 싸매고 있던 이경찬의 귀에 나직하게 혀 차는 소리가 들려왔다.

"태자 전하!"

이경찬이 반색을 하며 두 팔 벌려 주인을 맞이했다.

"평소에도 그렇게 반갑게 맞아주면 좋겠구나."

이럴 때에만 그러지 말고.

주태민이 콧방귀를 뀌며 이경찬에게 타박을 준다.

"제가 언젠 또 안 그랬다고 그러십니까?"

배시시 웃어 보인 이경찬이 지지 않고 대답한 뒤, 양효림과 윤경 사이에서 슬금슬금 빠져나와 황태자의 등 뒤로 숨었다.

아아. 한결 마음이 편해진다.

안도의 한숨을 내쉬는 이경찬의 기척을 읽은 주태민이 피식 웃고는 양효림과 윤경을 대신 상대해 줬다.

"너희는 웬일이냐?"

"인사차 들렀습니다."

둘이 동시에 대답했다.

"나를 보러 온 게야, 아니면 경찬이를 보러 온 게야?"

주태민이 대놓고 찌르자 둘 다 정색을 했다.

"당연히 태자 전하를 뵈러 왔지요!"

"어찌 그런 말씀을 하십니까, 전하!"

하나 주태민은 눈도 깜짝 하지 않았다. 그리고 안색을 굳힌다.

"감히 누구 앞에서 목소리를 높이느냐?"

싸늘한 어조에 당황한 두 사람이 황급히 고개를 숙였다.

자신들이 태자 앞에서 언행이 가벼웠음을 자각한 것이다. 자신들의 황태자는 저가 가진 권위에 얹어지는 티끌만 한 도전도 용납지 않는 이였다.

급작스레 태자궁 내에 찬바람이 쌩쌩 불어닥치자 이경찬이 난감한 표정을 짓는다.

이유는 아직도 모르겠지만, 어쨌든 자신이 원인이 돼

벌어진 일이었으니까.

그나마 다행히, 황태자도 심기가 불편할 정도는 아닌 듯. 둘이 진심으로 사죄하자 화를 거뒀다.

"오랜만에 이렇게 다 모였으니, 차나 한잔하고 가려무나."

"헉! 저, 전하!"

이경찬이 저도 모르게 황태자의 옷자락을 잡아당기며 애타게 그를 불렀다.

"그럼 여기까지 온 이들에게 차 한잔도 주지 않고 내보내란 게냐? 그랬다간 저들이, 태자궁의 인심이 언제부터 그리 야박해졌냐며 섭섭해 하지 않겠느냐?"

진짜요? 정말 그래서인 겁니까?

한쪽 입꼬리를 삐죽 말아 올린 채, 저를 돌아보는 황태자를 보고 있노라니. 아무래도 저분은 단순히…….

"재미있으신 거지요?"

자신을 실컷 놀려 먹을 수 있는 이 상황이, 말이다!

하긴, 이경찬도 본인이 당사자만 아니었다면 상당히 흥미로웠을지도 모를 특이한 경험이긴 했다.

저 두 사람이 누구던가.

각각이 무인과 문인들을 이끈다 할 수 있는 잘난 아비를 둔 데다 북경에서도 손꼽히는 가문 출신이요, 저 자신도 딱히 빠지는 데 없이 출중한 기량을 선보여 이름을 알리고 있는 대단한 공자님들이 아닌가?

그런 이들이 이경찬의 팔을 한쪽씩 잡고, 서로 니가 먼저 놓으라며 으르렁대고 있으니. 이런 구경거리, 흔치 않다!

"어서 가기나 해라. 다들 기다리고 있지 않느냐."

황태자가 경찬의 물음은 자연스레 잘라먹은 뒤 턱 끝으로 후원을 가리켰다.

어깨를 축 늘어뜨린 이경찬이 도살장에 끌려가는 소처럼 기운 없이 걸음을 옮겼다.

어느새 후원에 다과가 차려지고 일상적인 대화가 오고 가지만, 여전히 이 자리가 불편하기 만한 이경찬은 좌불안석. 엉덩이가 의자에 앉았다 떨어지길 반복한다.

"쯧, 쯧. 저 보아라. 너희 둘이 안 하던 짓을 하니 경찬이 녀석이 당황해 저러는 게 아니냐."

주태민이 혀를 차자 양효림과 윤경이 고개를 푹 숙이며 딴청을 피운다.

아닌 척해봤자 소용없다는 걸 느꼈으니까.

"그렇지만 경찬이 네 잘못도 있다."

역시 우리 태자 전하가 최고라며 속으로 엄지를 치켜세우던 이경찬이 멈칫했다.

"제, 제가 뭘요?"

"네가 얼마나 채환이와만 붙어 다녔으면, 저 녀석들이

채환이가 자릴 비우자마자 저리 득달같이 달려들겠느냐?”

에엥? 갑자기 채환이는 왜 갖다 붙이십니까?

이경찬이 눈을 깜빡거린다.

“저 녀석들이 경찬이 너와 친해지고 싶어서 저러는 거라는 거, 정말 모르겠느냐?”

“모르겠는데요.”

조금의 주저도 없이 이경찬이 대답했다.

그도 그럴 것이 저들과 자신이 어떤 사이던가.

자신들은 앙숙 중의 앙숙으로 양효림은 유청이를 욕했다가 채환이에게 흠씬 두들겨 맞은 경험이 있고, 윤경은 채환이와 부딪칠 때마다 저렇게 무식한 놈이 태자 전하 옆에 있는 건 있을 수 없는 일이라며 시비를…….

생각하다 보니, 정말 그랬다.

저 둘이 자신 앞에서 항상 인상을 쓰거나 다퉜던 이유는 항상 채환이 때문이었던 거다!

이제야 깨달은 것처럼 이경찬이 입을 쩍 벌리니 황태자는 저리 둔한 녀석이 여심(女心)은 어찌 그리 잘 알아 풍류공자로 불릴까 싶어 고개를 설레설레 흔들었다.

그리곤 양효림과 윤경에게 말한다.

“이 녀석이 이렇다. 그러니 친해지고 싶으면 돌려 말해 괜히 오해만 더 쌓지 말고, 확실히 이야기해라. 아까 같은 상황이 자꾸 반복되면 너희를 피하려고 황궁 출입도 안

하려들지 모르니까."

나름대로의 경고다.

황태자는 저들이 처음엔 이경찬을 아주 싫어했다는 걸 알고 있다. 뭐, 사실 황태자 자신도 그랬었으니까.

말이야, 바른 말이지. 이경찬의 그 꼬장꼬장하고 고집스런 성격이 대하기 편하고 만만하진 않지 않은가!

조금만 숙이고 들어오면 못 이기는 척 받아주었을 텐데, 언제나 뻣뻣하고 바른 소리만 하는 녀석이 떠받들어지는 데 익숙한 어린애들 눈에 찼을 리가 없지.

저들은 종종 경찬이를 따돌리거나 골탕 먹였고. 그때는 황태자인 자신 또한 드러내 놓고 녀석의 편을 들어주지 않았기에 괴롭힘은 갈수록 심해졌다.

경찬이 별다른 반응을 보이지 않고 오히려 자기들을 무시하는 듯 보이자 더 화가 났을 테고.

아마 나채환이 경찬이의 대장이란 녀석과 함께 북경으로 왔다 이가장에 남아 경찬의 곁에 머물게 되지 않았다면, 점점 심해지던 악질 섞인 장난이 황태자 자신이 했던 시험으로 인해 완전히 틀어진 사이에서 어떤 나쁜 결말을 가져왔을지 알 수 없었다.

물론, 그쯤엔 이경찬을 완전히 자신의 사람으로 받아들인 황태자가 그런 일이 일어나는 걸 순순히 보고 있지만은 않았겠지만…… 그렇다 해도, 나채환만큼 확실히는 못했을 거다.

아무리 황태자인 자신이라도 말이다. 아니, 정확히는 황태자라서 못했던 걸지도.

나채환은, 이가장의 두 부자 모르게 황태자인 자신을 뒷배로 내세운 다음 똥은 왜 피해야 하는 더러운 건지에 대해 권문세가의 고고한 공자님들에게 똑똑히 가르쳐 줬고.

그것은 아주 유효하여 그 뒤론 소소한 싸움질 외엔 큰 일 없이 시간이 흘러 여기까지 왔다.

거기서 끝났으면 됐을 텐데. 문제는 양효림과 윤경, 이 두 사람이 북경에서도 내로라하는 가문의 출신으로, 어렸을 땐 덜했어도 나이가 찰수록 사람 보는 눈이 부쩍 높아지고 벗을 사귈 때 가리는 게 많아지게 됐다는 것.

특히 주변에 경찬이나 채환이 같은 녀석이 있으면 비교가 더 되니 아무나 곁에 두고 싶지 않아지는 법 아니겠나.

황태자의 마음을 움직였던 진심이, 이제 양효림과 윤경 이 두 녀석의 눈에도 보이기 시작했다.

하나 채환이는 같이 놀자 손가락으로 쿡 찔렀다간 칼이 날아올지도 모를 녀석인 데다, 외골수 기질이 강해 성격이 맞지 않으니 경찬이가 두드러지는 게 당연했다.

그동안은 나채환이 하도 살벌하게 짖어대서 가까이 가 볼 엄두도 못 내다가, 이번에 틈이 생기니 앞뒤 안 보고 미끼를 던져 대기 시작한 듯.

그게 너무 과해 경찬에게 오히려 거부감을 불러일으킨 듯했지만 말이다.

"재미는 있는데, 마음엔 안 드는군."

황태자가 혼잣말을 했다.

강함 앞에선 숙이지 않는 경찬이 그 반대되는 경우엔 어쩔 줄 몰라 당하는 게 확실히 구경거리론 최고였고.

무림에 나간 채환이 후에 황궁으로 돌아왔을 때 혹 덩이 두 개가 경찬에게 붙은 걸 보고 얼마나 발광을 해댈지를 상상해 보는 것도 즐거울 테고.

한데, 그럼에도 불구하고 황태자 주태민은 상황을 조절하려 했다.

보통 사람들은, 앞으로 제 손발이 될 수하들이 앙숙인 것보다는 친분이 깊은 게 일 처리에는 효과적일 수 있을 거라 생각하겠지마는 그는 딱히 그런 것만도 아니라 여겼으니까.

사람의 일이란 어찌 될지 모르지 않나?

손과 발의 역할은 분명히 나뉘어져 있는데, 너무 딱 붙어 서로의 일을 대신하고 편의를 봐주다 보면 구분이 사라지고 경계가 모호해진다.

군주에 대한 충의보다 서로에 대한 우애가 더 깊어지는 경우도 있을 수 있으니 모든 건 적당한 게 좋지 않겠나.

　황태자의 곁에 있는 이 중 황태자 자신에 대한 충심보
다 더 큰 마음을 타인에게 품어도 되는 이는 딱 한 명, 나
채환뿐이었다.

　왜냐하면, 나채환은 처음부터 알면서 받아들였기 때문
이다.

　그만큼 탐이 났고. 채환이 첫 손에 꼽는 이가 형부상서
이청강이고 그 다음이 이경찬인데 어차피 이가장의 두 부
자는 온전히 황태자 자신의 사람이라 여겼기에 가능한 일
이었다.

　게다가 앙숙끼리 맞붙여 놓음으로서 얻을 수 있는 순기
능도 적지 않았으니.

　서로 사이가 나쁠수록 약점을 잘 헤집지 않나. 그것은
서로를 감시하고 경계해 큰 문제를 사전에 방비하고 스스
로를 돌아볼 수 있는 계기가 돼 주지 않겠나.

　물론 황태자의 최측근이 다 사분오열돼 있어서야 곤란
하겠지만, 한 덩어리씩 묶여 친한 이들끼리는 친목을 다
지고 앙숙끼리는 서로를 견제하며 적당한 거리를 유지해
주는 게 황태자가 바라는 이상적인 방향이었다.

　각각의 덩어리들이 모두 주인인 자신에 대한 충성심만
확고하다면 말이다.

　그리고 그렇게 따지면, 채환이와 경찬이는 한 덩어리로
황태자가 가장 가까이에 두는 녀석들로 최측근 중에서도

각별했고.

윤경을 주축으로 한 문인들, 양효림을 주축으로 한 무장의 자식들이 각각 한 덩어리씩을 차지했으니.

"오늘 우리 모임에 오겠나? 친우들에게 나 못지않게 학문에 열정을 갖고 있는 새로운 벗을 소개하고 싶군."

윤경, 너도.

"무인들과 잘 어울리지 못하는 다른 문인들과는 달리 성격이 담백하고 정직해 따르는 이가 많은 자네를 내 수하들에게 보여주고 싶군. 오늘 우리들과 같이 술 한잔하겠나?"

양효림, 너도.

"둘 다, 안 된다."

황태자의 조언대로 솔직히 말을 꺼냈건만 단번에 거절하는 말이 이경찬에게서도 아니고, 황태자 본인의 입에서 나오자 양효림과 윤경이 눈만 깜빡거리며 상황을 파악하기 위해 애쓴다.

거기다 더해, 왜 이경찬에게 물어본 말을 당신께서 대신 답해주신단 말인가?

방금 태자 전하의 심기를 건드렸던 일도 있고 하여 조심하느라 두 사람이 가만히 눈치만 살피자 이경찬이 나섰다.

"왜, 안 되는데요?"

“그럼 가려고 했나?”

“그, 그건 아니지만……. 그래도 왜 제가 할 얘기를 태자 전하께서 하시는 건가 싶어서…….”

이경찬 자신도 궁금했던 듯.

“넌 오늘 나랑 놀아줘야 하니까.”

“네?”

“못 들었나?”

천연덕스럽게 되묻는 황태자를 보며 이경찬이 어이없어했다. 하나 뉘시라고 그 명령을 거절할까.

“알아 받들어 모시겠습니다요!”

말미에 힘이 팍팍 들어간 대답은 힘차기 보단 찌릿찌릿한 기운이 가득해, 진의를 의심하게 만들었지만.

“그래, 그래야지.”

황태자는 개의치 않았다.

“너희와는 내일과 모레 놀아줄 테니, 섭섭해 말아라. 효림은 내일. 윤경은 모레다, 알았나?”

황태자에게 놀아달라고 한 적은 없지만, 어쨌든 자신들의 이름으로 여는 모임에 얼굴을 보여주신다는 건 아주 영광스럽고 감사한 일이었다.

그래서 두 사람은 떨떠름한 표정을 애써 감추며 동시에 대답했다.

“알겠습니다, 전하!”

“그럼 인사도 다 했고, 용건도 끝난 것 같으니 이만 가 보도록.”

황태자가 부드럽게 등을 떠밀자 두 사람이 어기적거리며 태자궁을 나섰다.

그들의 뒷모습을 바라보던 이경찬이 혀를 차며 말했다.

“진짜 심술궂으십니다, 태자 전하.”

이경찬은 황태자가 장난을 친 거라 여겼기 때문이다.

“난 내가 널 도와준 거라고 생각하는데? 아닌가?”

“……그건 맞지만요.”

“그럼 된 거지, 안 그러냐?”

황태자가 입꼬리를 말아 올리며 되묻는 말에 이경찬은 고개를 끄덕일 수밖에 없었다.

저분께는 절대로 이길 수가 없을 거다.

이기고 싶어지지 않게 만드는 분이니까.

언제나 이기는 쪽은, 당당하고 오만한 쪽은 당신이기를 바라게 하는 분이었다.

“차를 다시 내오겠습니다.”

바람이 찬데, 몸이 식으면 안 되지 않겠나.

이경찬이 따뜻한 차를 새로 가져와 황태자의 찻잔에 따라준다. 황태자는 눈가를 휘며 찻잔을 향해 손을 뻗었다.

그때까지만 해도 오늘 하루는 그다지 나쁘지 않은, 그 럭저럭 괜찮은 하루였었다.

이히히히잉!

말고삐를 강하게 뒤로 잡아당기자 빠르게 달리던 말이 길게 울음을 터트리며 서서히 속력을 줄였다.

말이 완전히 멈춰 서자 위에 타고 있던 노인이 훌쩍 지면 위로 뛰어내린다.

깡마른 몸에 자세는 구부정해 별 볼일 없는 노인 같았지만 몸놀림이 재고 눈빛이 형형해 무시할 수 없는 기운이 풍겨 나왔다.

그는 말고삐를 잡고 걸어서 황궁의 정문이 아닌, 아는 사람만 조용히 신분을 확인한 후 드나들 수 있는 쪽문으로 가서 품속에 든 패를 내밀었다.

"이리 오십시오."

경비를 서고 있던 병사들 중 우두머리가 패에 그려진 문양과 글자를 확인하더니 노인의 말을 건네받아 다른 이에게 맡긴 후, 직접 안내해 안으로 들어갔다.

노인은 몇 가지 확인과 검사를 더한 다음, 황제의 궁 후원으로 이동했다.

후원에 들어서자 노인의 구부정했던 등이 펴지고 어깨선이 반듯해진다.

후원에 들어서자마자, 저편에 뒷짐을 진 채 서 있는 사내를 보고 노인이 바닥에 몸을 던졌다.

"황제 폐하를 뵈옵니다!"

극히 공손한 어조로, 흙바닥에 이마를 박은 노인이 크게 외쳤다.

"해 공공이 조용히 알려오길, 섬서 도지휘사가 사람을 보냈다 하더군."

"섬서에서요?"

섬서에 심상치 않은 바람이 불고 있다는 소문이 은연중 퍼져 나가고 있었지만 이렇게 직접적으로 확인하게 되다니.

무슨 일인가 싶어 잔뜩 긴장한 이경찬이 마른침을 꿀꺽 삼켰다. 북경 밖 저 멀리엔 이경찬의 소중한 사람들이 아주 많이 있으니까.

"섬서 도지휘사는 어릴 적 한 번 본 적이 있지. 그 사람의 수하라면 아마 쓸 만한 자일 터. 폐하의 후원에서 나오면, 은밀히 이쪽으로 데려오라고 해 공공에게 알려둔 참이니 좀 기다리면 자세한 이야기를 들을 수 있을 거다."

황태자 주태민이 지는 해를 올려다보며 시간을 어림짐작했다.

하늘은 은은히 노란빛을 띠다 붉게 타올라 재가 됐고. 그림자는 어둠에 먹혀 사그라진다.

검은 공기를 살라먹는 횃불이 여기저기 내걸리고도 한

참 후.

"어찌 이리 오지 않는 게지?"

팔짱을 낀 황태자가 나직하게 중얼거렸다.

"태자 전하, 들어가 계십시오. 해 공공이 오거나, 연락이 오면 알려드리겠습니다."

이경찬이 걱정스레 태자에게 말하지만 그는 고갤 저었다.

"문제가 있는 게 분명하다."

황태자의 눈가가 차갑게 굳었다, 그때.

"태자 전하, 해 공공이 보내서 왔습니다."

어린 환관 한 명이 종종걸음으로 다가와 허리를 굽힌다.

"말하라."

그의 목소리가 심상치 않음을 느꼈는지 앳된 티가 역력한 환관이 얼른 입을 열었다.

"해 공공이 말하길, 손님은 꽃이 좋아 그곳에 오래도록 머물 예정이니 답은 기다리지 않는 게 좋겠다고 했습니다."

"뭐라?"

황태자가 저도 모르게 반문했다.

아무리 귀한 손님이라 해도 황제의 궁에 머물 수 있을 리가 없지 않나. 하물며, 후원이라니.

그게 가능할 수 있는 방법은 단 한 가지다.

"설마?"

이경찬도 해 공공이 전한 말의 본뜻을 알아챈 듯.

이경찬은 꽃 아래 묻혀 있을 시체를 상상하니 등줄기로 소름이 오싹 돋았다.

보통 사람이라면 어쩔 수 없이 누군가를 죽이더라도 저가 휴식을 취하고 산책을 하며 머리를 식힐 후원에 파묻지는 않겠지마는, 현 황제는 조금도 개의치 않고 그리할 것 같았다.

충분히 이목을 끌지 않고 다른 곳으로 옮겨갈 수 있는 상황이라도 말이다. 왜냐하면, 정말 아무 상관도 없으니까.

그러거나 그러지 않거나.

"해 공공이 정말 그렇게 말했더냐?"

황태자가 재차 어린 환관에게 확인했다. 같은 말을 두 번 하는 걸 싫어하는 황태자이다 보니 이례적인 일이다.

그만큼 믿기 힘들다는, 아니, 믿고 싶지 않다는 반증이기도 했고.

"네. 그, 그랬습니다. 진짜입니다. 글자 하나 틀리지 않고…… 모두 그대로 전한 것이옵니다!"

오늘 일진이 사납구나 싶었는데, 끝내 사달이 이는구나

싶어진 어린 환관이 몸을 바들바들 떨며 고했다.

그는 연신 이경찬을 힐끔거리며 도움을 청했고, 그것은 예상보다 잘 먹혔다.

"전하, 일단 이 아이는 보내시는 게 좋겠습니다."

이경찬이 황태자의 주의를 환기시켰다. 황태자는 어금니를 꽉 깨문 채로 아무렇게나 손을 내젓는다.

네 마음대로 하란 뜻이었다.

"이만 가보십시오."

이경찬이 입 모양과 함께 눈짓을 하자 환관이 진심으로 감사의 인사를 한 뒤, 냅다 꽁무니를 뺐다.

뒤이어 근처에 있던 이들을 모두 물리자, 황태자가 피식 웃었다.

섬서 도지휘사가 보낸 인물이 황제 폐하의 후원에서 나오지 못했다면, 결론은 하나지 않은가. 그것이 의미하는 바가 너무나 명확했다.

"황제 폐하의 의중을 짐작할 수조차 없군."

황태자가 어금니를 꽉 깨문 채 중얼거린다.

이경찬은 감히 어떤 말도 할 수가 없었다. 섬서의 바람은 황제가 묵인한 것이다.

그리고 관을 움직이면서도 황제의 묵인을 이끌어낼 수 있는 이는 천하에 단 한 명.

"결국 황제 폐하께선, 아들인 나보다 환성 숙부를 택하신 건가?”

　자신에게 증거를 찾아오라 했던 말을 뒤에서 번복해 그의 손을 몰래 들어줄 만큼?

　건조한 음성, 무표정한 얼굴과는 달리 그의 입가로 붉은 피가 한 줄기 흘러내린다.

　감히 주인의 아픔과 마주할 수 없었던 이경찬은 눈을 내리깔며 아주 옅게 신음을 뱉어낸다.

　이것은 제 주인이 황태자로서가 아닌, 한 아버지의 아들로서 갖는 슬픔이자 배신감이란 걸 알기에 이경찬은 더 마음이 아팠다.

　황태자는 울지 않았다. 그는 고통을 삭히고 조용히 입을 열었다.

　“몇 번이고 참았다. 이해할 수 없지만 묻어두려 애썼다.”

　하나 더는 안 되겠다.

　껍질뿐인, 언제라도 무너질 수 있는 황태자 자리는 주태민으로서도 달갑지 않았으니!

　그래서 준비해 왔던 게 아닌가.

　“돌아가면 형부상서에게 전하라. 근신이 너무 길었으니 슬슬 기지개를 펴라고. 그로서는 편치 않은 자리겠지만, 곧 사람들을 만날 일이 많아질 것이라고 말이다.”

　황태자의 몸이 미미하게 떨렸다.

섬서 도지휘사가 보낸 전령이 그렇게 조용히, 황궁 내
에서 자취를 감춘 날. 황태자는 마음 깊숙한 곳에 감춰두
었던 것을 꺼내 들었다.

第二章

원(圓)!

"섬서로 들어왔다면, 벌써 흔적을 발견했어야 할 텐데 아직인가 보군."

도지휘동지 황학용의 말에 기신양이 고갤 끄덕였다.

"아무래도 성도 서안이 아니라, 화산 쪽으로 먼저 움직인 거 같습니다."

하남과 섬서의 경계 인근에 있는 화산이라면 모를까, 섬서의 가운데 위치한 서안 쪽으로 오려 했다면 시간상 벌써 섬서 지역 안으로 들어와 있어야 했다.

"서안으로 왔어야 우리 공이 더 커질 텐데."

손, 발을 잘 맞추기 위해 심복인 강 천호까지 불러들인 참이 아니던가.

“그래도 너무 직접적으로 가는 것보다는 은근히 둘러 가는 게 더 안전하지 않겠습니까?”

근래 저에게 닥친 일들이 너무 급작스럽고 당황스러워 견디기 쉽지 않은 기신양에겐 차라리 다행스러운 일이었다.

“자네는 그게 문제야. 수많은 관료들 중 자네가 특출해서 그 나이에 정삼품 도지휘첨사의 자리에 오를 수 있었다 여기나?”

아닐 거다. 기신양이 쓸 만한 인재이긴 해도 세상에 저만한 이는 적지 않았다.

그런 기신양을 저 자리에 올려준 건 그의 가문이 가진 후광. 그리고 그 후광은 정확히 저기까지 비췄고.

더 높은 자리를 원하면, 능력을 키우던지 후광을 더하던지 아니면 모험을 해야 한다.

그러나 개인의 능력은 집단의 후광에 짓밟히기 일쑤고, 집단은 판을 뒤흔드는 거대한 흐름 앞에선 속수무책 아닌가.

모험은 바로 그 흐름을 만들고 이어가는 술책이었다.

가진 게 없는 이가 가장 많은 걸 얻을 수 있는 방법이자, 기회.

몰락한 가문 출신으로 가진 거 없고 내세울 게 없던 황학용을 이 자리까지 오르게 해주었으니 확실하다.

“잘 생각해 보게나. 섬서에서의 일만 잘 끝나게 되면 우리가 어디까지 올라갈 수 있을지.”

눈앞에 찬란한 앞날이 그려진 황학용은 저도 모르게 머리를 뒤로 젖히고 하늘을 올려다보지만, 기신양은 여전히 몸을 움츠린 채로 고개를 숙여 땅을 내려다봤다.

한 곳에 서서 다른 곳을 바라보고 있는 그들 둘이 동시에 바라는 유일한 것은 이 일이 빨리 마무리 지어지는 거였다.

한 명은 얼른 올라가기 위해, 다른 한 명은 이만 쉬기 위해서라는 바람으로 다시 한 번 갈라졌지만 말이다.

“미안하구나.”

기신양이 한숨처럼 뱉어낸 말이 발등으로 툭 떨어져 내렸다.

어렸을 때부터 친조카와 같이 귀여워했던 손정우를 속여 함정에 빠트렸다는 죄책감에서 헤어 나올 수가 없었던 거다.

하지만 이미, 흐름은 멈출 수 없이 거세졌고. 기신양은 너무 미약하고 초라한 존재일 뿐이었다.

“화산이랍니다.”

전용후가 손에 들고 있는 편지를 접어 소매 속에 넣은 다음 말했다.

“흐음. 그렇다면 화산에서 일이 벌어지겠군.”

점창 장문인 최석이 눈을 가늘게 뜨고 중얼거린다.

그나마 다행이라 해야 할지.

성도 서안에서 다툼이 이는 것은 아무리 사전에 서로 관과 공조가 있었다고 해도 껄끄러운 일이 아닐 수 없었으니.

“한데, 초린대와는 갈라지지 않고 함께 화산으로 가고 있다고 하나?”

문득 생각난 듯, 최석이 묻자 전용후가 고개를 끄덕였다.

“맹을 떠난 인원 그대로 하남을 경유해 화산으로 들어가려 한다고 합니다.”

“괜찮을지 모르겠군.”

“뭐가 말입니까?”

“초린대는 황태자의 직속 부대인데, 현재 섬서를 장악하고 있는 건 관군들이 아닌가. 둘 사이가 얽혀 생각지 못했던 문제가 터지는 건 아닐지 걱정이 돼서 말일세.”

무엇보다 화산 인근에도 관병이 깔려 수색을 하고 있는 참이라 하였으니.

“……주의해야겠습니다.”

솔직히 전용후는 맹을 떠난 동심회의 일행 중 소운찬과 정한수, 그리고 진유청에게만 신경을 쏟고 있었다.

　그렇다 보니 초린대에는 상대적으로 소홀했던 것도 사실. 게다가 섬서의 관군들은 연이상단주가 움직인 것이니 모두 그의 통제하에 있다 여겨 너무 안일했던 모양.

　점창 장문인이 다 알 만한 내용을 일부로 언급해 다시 한 번 일깨워 주는 걸 보니, 말이다.

　"그래, 그래야지. 이번 일에 우리는 참 많은 걸 걸지 않았는가."

　최석이 빙그레 웃으며 눈가를 휘었다.

　그 모습은 자애롭기 보다, 섬뜩하여 전용후를 자극했지만 그는 별다른 동요를 내보이지 않는다.

　"점창은 많은 걸 걸었지만, 화산은 전부를 걸었습니다. 그러니 이번 일이 꼭 성공해야 한다는 바람은 제가 더 크지 않겠습니까?"

　덤덤한 목소리에 최석이 제 무릎 위에 내려놓고 있던 손끝을 말아 쥐었다.

　전용후, 저놈은 어찌 갈수록 더 오만해지고 상대하기가 어려워졌다.

　존장에 대한 예의를 모르니, 제 사부까지 병자로 만들어 목줄까지 만들어 씌운 채 본산으로 끌고 가는 걸 테지.

　진유청 일행을 쫓아 하남 지역으로 들어간 인의회는 소림과 개방의 눈길을 피하기 위해 표국으로 변장한 채 움직였는데, 전용후는 제 사부인 악기태를 약을 먹여 마차 안에 처박았다.

체면치레를 따지지 않고, 남의 눈에 개의치 않은 채 일을 처리하는 전용후의 파격적인 모습은 최석으로 하여금 점점 더 큰 껄끄러움을 갖게 했다.

진중한 겉모습과는 달리 숨겨진 본성이 그러했던 건지, 아니면 저만큼 파격적인 행보를 취하지 않고서는 악기태가 원래 쥐고 있던 기득권을 빼앗기 어려워서 그러는 건지 모르지만……. 장기적으로 봤을 때 저건 문제가 있는 행동이었다.

곧 화산 장문인이 될 사람이라면, 더욱 말이다.

이런 걸 가르쳐 주라고 스승이 필요한 건데, 전용후 너는 이제 영영 글렀구나.

제 스승을 잡아먹은 놈에게, 천하의 어느 누가 가르침을 베풀려 하리.

"섬서로 들어가기 직전, 공격하여 흩어놓고. 섬서로 들어간 후엔 고립시킨 채 포위망을 좁히도록 하지."

"그렇게 하도록 하지요."

나쁜 방법은 아니었기에 전용후도 별다른 반대 없이 동의했다.

"이만 가지. 저들이 섬서로 들어가기 직전을 놓치지 않으려면 서둘러야겠네."

최석이 휴식 시간이 끝났음을 알리고는 제 마차로 들어

갔다.

경공을 이용해 내달리면 그게 가장 빠르겠지만, 다른 이들과 함께 조용히 움직여야 하니 어쩔 수 없는 노릇.

먼저 도착해 봤자, 덤터기밖에 더 쓰겠나.

최석은 이번 섬서의 일은 대부분을 전용후에게 맡겨두고 저는 뒤로 빠져 있을 작정이었다.

드드득, 드드득!

마차 바퀴가 굴러가고. 마차가 달리는 뒤꽁무니로 나란히 나 있는 두 개의 선이 길게 이어진다.

"으아아아악!"

어디선가 들려온 비명 소리가 희미하게 귀를 파고들었지만, 최석은 관심을 갖지 않았다.

그것은 최석의 마차가 남긴 두 개의 선을 덮으며 달려오는 전용후의 마차에서 들려오는 소리란 걸 알고 있으니까.

전용후는 사부인 악기태와 한 마차를 타고 이동하고 있었다.

"악 장로, 제자 하나는 기가 차게 키우셨구려."

어느 쪽으로든 저 정도 독심은 쉽사리 볼 수 있는 게 아니었으니.

최석이 피식 웃으며 눈을 내리감고서 명상에 잠겼다. 곧 귀가 닫히고, 머릿속으로 무아의 세상이 펼쳐졌다.

나쁜 놈이라고 해도, 공부하고 노력하면 결과는 나온다. 그것은 세상이 공평하지 않은 게 아니라, 오히려 공평하다는 증거.

저가 쌓아온 인과를 되짚어 응보를 받는 건 그것과는 전혀 다른 이야기였으니까.

"후우, 후우."

깊게 들이마셨다가 길게 내뿜는 숨소리가 흔들리는 마차 안에서도 깨어지지 않고 계속해서 되풀이됐다.

이렇게 많은 이들이 자신들의 행보에 촉각을 곤두세우고 있다는 걸 모를 리 없음에도, 진유청 일행은 가볍게 걸음을 옮기고 있었다.

방금까지는 말이다. 지금은, 잠시 멈춰선 상태.

"아아, 진짜로 옛날 생각난다, 그치?"

진유청은 추억에 젖은 촉촉한 눈빛으로 나채환을 돌아봤다.

"그러게, 꼭 그때 같군."

나채환도 주저 없이 동의했다. 유청이의 뒤통수가 보일 때마다 저도 모르게 후려치고 싶은 욕구가 몇 번씩이나 진하게 피어오르는 걸로 봐선, 확실했다.

과거와 다른 점이 있다면, 무림맹에서 북경까지 가는 길이 그토록 멀고 험할 줄 몰랐던 어린 날에 비해 지금은

이럴 거라 미리 예상하고 단단히 마음의 준비를 했다는
거.

길 자체의 문제보다는, 유청이와 동행하고 있다는 게
여행의 가장 큰 위험 요소라는 걸 알게 됐기 때문에.

"저 녀석은 분명 하늘의 특별 관리 대상에 속해 있을
거야."

정한수의 말이 옳다.

"그러게. 어떻게 항상 저리 말 끝나기 무섭게 사건, 사
고가 터져 나올까."

나채환이 동조하며 눈살을 찌푸렸다.

"하하하! 가진 걸 다 내놔라!"

일행은 자신들의 앞을 가로막고선 목청껏 외치는 산적
들과 자신들의 곁에 멀뚱히 서 있는 유청이를 번갈아가며
바라본다.

시선의 심상치 않음을 느꼈을까?

"왜에? 난 그냥 요즘은 산적이 별로 없나, 잘 안 보이
네라고 했을 뿐인데!"

변명을 한 진유청이 머릴 긁적이며 배시시 웃자 일행들
이 조용히 녀석에게서 고개를 돌렸다.

어쩌겠나. 이게 녀석의 운명이라면, 자신들도 함께 휘
말려야지 별수 있나?

그래도 위안이 되는 거 하나는. 유청이 녀석의 드세 보

이는 팔자는 저 자신도 괴롭히고 주변 사람도 달달 볶아 댔지만……

한 곳에 버무려진 무리 중 가장 운세가 사나워지는 건 바로, 녀석의 반대편에 서 있는 이들이라는 것!

"이것들이, 가진 거 다 내놓고 꺼지라니까? 확 죽여 버릴까? 살기 싫으냐?"

번뜩이는 칼을 들고 이리저리 찌르는 시늉을 하는 산적 무리는 살기를 뿜어내며 일행을 협박했다. 노련한 칼 바람에서 사람을 해쳤던 경험이 묻어나와 비릿한 냄새가 코끝을 스친다.

쉽게 말하자면, 산적들은 현재 제 손으로 제 인생을 꼬는 암울한 길을 거침없이 걸어가고 있다는 거였다.

"보통 저런 수순이었지?"

나채환은 머릿속으로 과거 만났던 산적들이 알이 깨지기 직전 어땠는지를 되짚어 봤고. 다른 이들도 마찬가지.

산적만이 아니라, 유청을 만만하게 보고 덤볐다가 나가떨어진 이들이 어디 한둘인가?

진유청이란 재앙(災殃)은 남녀노소 가리지 않고, 직업의 귀천이나 출신의 비천함도 따지지 않고 아주 공평하게 다가갔다. 그리곤 소신선과 소악마 두 가지 이름을 가진 녀석의 양면 중 하나를 볼 수 있는 기회이자 불운을 불러 왔다.

소신선의 면모를 본 이들은 괜찮다. 하나 그 반대의 경우엔…… 잃는 게 아주 컸다.

가끔은 생각한다. 어쩌면 유청은 하늘에서 사람들을 심판하기 위해 내려놓은 저울이 아닐까 하고 말이다.

하늘의 그물은 치밀하기 이를 데 없어 천하에 그 무엇도 빠져나갈 수 없다지만, 운명을 가르는 우연의 실수로 그물코가 빠지거나 헐거워진 부분이 있을 수 있지 않나.

하늘의 그물이 가진 일정한 간격으로는 잴 수 없는 마음의 크기란 것도 있을 테고.

죗값을 치러야 함은 물론이오, 선의로 쌓은 업을 필요 이상으로 치른 이들이 있다면 보상을 받아야 하니.

유청은 하늘을 대신해 그 역할을 수행하고 있는 걸지도 모른다.

물론, 성질이 많이 더럽고 신경질적인 저울이라 눈 뒤집히면 몇 배로 후려치고 마음에 들면 좀 많이 빼주는…… 나쁜 손버릇이 있는 거 같긴 하지만?

그런 건 다 하늘에서 용인해 준 거니 할 수 있는 거겠지?

제발 아니라곤 하지 마라, 그러면 범죄가 되니까!

문득, 남궁세가의 삼공자인 남궁혁을 비롯해 무림맹의 대단한 문파 장로들과 후기지수들까지. 끝도 없이 누군가의 얼굴과 이름이 떠올랐다.

그들 모두가 유청에게 휘말려, 삶에 커다란 고난이 닥치지 않았나. 가진 걸 전부 잃었을 만큼 처참해졌다.

그러고 보니, 유청이 이 녀석. 알고는 있었지만, 생각했던 거보다 훨씬 더 위험한 녀석이었잖아!

"어째, 니들. 산적들보다 나를 볼 때 표정이 더…… 이상하다?"

마치 못 볼 거 봤다는 듯한. 심하게 말하면, 씹어선 안 될 걸 씹은 거 같은 그런.

흠칫!

"그, 그럴 리가 있겠니?"

한수가 어색하게 웃으며 부정하지만, 이미 딱 걸렸다!

"좀 이따 진지한 대화를 나눠보자꾸나."

진유청이 눈을 게슴츠레 뜨고 말했다.

아무래도 눈에 띄지 않기 위해 너무 초라하게 입은 탓인지, 아니면 최대한 기운을 갈무리해 흔적을 지운 탓인지는 모르겠지만 일행의 변장이 너무 완벽했나 보다.

이쯤 시간을 끌며, 다시 생각해 볼 틈을 만들어주었으면 응당 기대에 부응해 줘야 옳은 것을. 산적들은 일행의 기대를 흙발로 짓밟았다.

"이것들이 우리가 안 보이나? 우리가 누군지 아느냐? 우린……!"

오히려 그들은 자기들을 무시하고 이야기를 나누는 일

행으로 인해 눈이 더 뒤집힌 상태. 그들은 누런 이를 혀로 뽀드득 핥으켜 콧구멍으로 더운 김을 씩씩 뿜어댔다.

그러니 어쩌겠어. 저렇게 열렬히 원하는데.

"깨우침을 내려야지."

알은 깨지면 다시 붙여줄 약도 없건만, 쩝.

걱정하는 척하면서도, 진유청은 제 무릎의 각이 여전히 잘 살아 있는지 손으로 툭툭 쳐서 확인했다.

이 뾰족함, 여전하군!

진유청이 산적들에게 히죽 웃어 보였다. 하나 그들의 칼날에 묻은 피를 담은 녀석의 두 눈은 차갑게 식어 있었다.

"잘 가고 있겠지?"

근심이 잔뜩 깃든 목소리다.

사고나 안 치고 가고 있을는지, 이것도 걱정. 저것도 걱정.

누가 들으면 참 쓸데없는 게 유청이 걱정이라 할지도 모르지만, 아비 된 마음이 어찌 그럴까.

백 중 구십구가 잘 풀렸다고 해서 마지막 하나도 그러란 법은 없지 않나.

진호철이 저도 모르게 섬서가 있는 방향으로 고개를 돌려 아득히 먼 곳을 향해 시선을 주고 있을 때 밖에서 이현의 기척이 느껴졌다..

"보고드릴 게 있어 왔습니다."

"들어와라."

이현이 들어와 진호철의 책상 맞은편에 선다. 녀석의 기운이 요동치는 게 공기를 통해 찌르르 전해졌다.

자신의 무심한 큰아들을 저렇게 동요하게 만들 만한 게 대체 뭐가 있을까?

유청이에게 소식이 오기엔 아직 시간이 이르고. 하남 진가장에서 연락이 왔다는 이야기도 듣지 못했고.

나머지 하나는, 설마……?

고민하던 진호철이 고개를 번쩍 들고 아들과 눈을 맞췄다.

"네. 저들이 시작했습니다."

진이현이 아버지의 추측을 확인시켜 줬다.

"어디부터?"

"총관부와 진수당이 맹 내에서 정식으로 허가받지 않은 명령은 모두 거절하겠다며 서류를 돌려보냈습니다."

"허어. 무력이 아니라 밥줄부터 끊겠다는 거구나."

그것도 동심회가 아니라, 동심회에서 돌봐주던 무림맹 무사들부터 압박하겠다는 것.

"무림학관에 대한 것도 있습니다. 더 이상 유명무실한 무림학관을 이대로 둘 수 없으니, 이제 그만 문을 닫기로

의견을 모으기로 한 모양입니다.”

이가연합과 중도파가 한뜻으로 밀고 있으니 다음번 회의 때 확정될 게 분명했다.

“너무하구나, 너무해!”

진호철이 한탄했다.

차라리 동심회를 향해 직접 싸움을 걸어왔다면 모를까.

어찌 무림맹 수뇌부쯤 되는 이들의 하는 짓이 이리도 치졸할 수 있단 말인가?

몇 번이나 당해놓고도 아직도 그렇게까지 더러운 수를 쓸까 하고 생각하는 동심회 어르신들이나 진호철 자신이 오히려 우스워질 지경이다.

그에 비해 진이현은 이미 다 예상했던 바인 듯.

“저들이 지금까지 한 행동을 보면, 새삼스럽지도 않습니다.”

건조한 목소리에 배어 나오는 적의가 흉험했다.

진이현에게 있어서 동심회를 제외한 무림맹 내 다른 세 개의 하늘은 적과 다름없었다.

손에 칼만 안 들었다 뿐이지, 세 치 혀와 암계로 어떻게든 동심회를 죽일 생각만 하는 이들이 아닌가. 진이현의 나이 대에선, 한 번 검을 겨뤄 본 적도 없는 혈사방이 오히려 더 감이 멀었다.

“무림맹 무사들과 학관을 잘라내고, 우리 동심회를 무

림맹 내에서 고립시킬 작정인가 본데…… 그렇게 둘 순
없지."

더는 당하고만 있지 않기로 하지 않았나.

진호철의 얼굴에 굳은 결의가 깃들었다.

"자네, 그 이야기 들었는가?"

연무장에서 수련에 한창이던 강일언은 잰걸음으로 다가
온 동료가 무슨 말을 하려는지 알고 있었기에 고개를 끄
덕였다.

"어찌하려는가?"

동료가 정색하며 물었다.

무림맹 내가 소란스럽고, 학관의 교두들과 친분이 깊은
맹의 무사들이 알려오길 자기들도 이번엔 가만히 있지만
은 않을 거라 했다고 하는데 과연?

강일언은 대답 대신 들고 있던 검을 휘둘렀다.

쉬익!

검이 깨끗하게 허공을 갈랐다.

이전의 정형화됐던 틀에서 벗어나, 경직을 풀어 버린
그의 검은 드디어 맛본 자유에 환희한다.

지이이잉!

검신을 떨어 울리며 주인의 검무에 추임새를 넣어주는
검은, 강일언이 넘어선 벽 저편에 있는 새로운 벽의 존재

를 알려준다.

하나 강일언은 이전처럼 좌절하거나 답답해하지 않았
다.

노력하고, 또 노력하면 언젠간 넘어설 수 있게 될 테니
까. 이젠 혼자가 아니지 않나.

궁금한 걸 물어볼 수 있는 누군가가 있고, 함께 검을
휘두를 수 있는 누군가가 있으니까.

벽은 자신을 가로막는 게 아니라, 넘어서면 더 강해질
수 있다는 걸 알려주는 관문일 뿐이란 걸. 이젠 안다.

각자 수련을 하던 교두들이 하나, 둘 모여들어 강일언
의 성취를 축하하며 그를 바라봤다.

이윽고 검무가 끝난 강일언이 호흡을 가다듬은 후, 검
을 검집에 집어넣었다.

그가 좌중을 돌아보며 입을 열었다.

"나는 진작부터 동심회가 바로 무림맹이라 생각했다네.
그분들이야말로 정도의 종주인 무림맹이 걸어가야 할 이
상적인 끝에 자리하고 계신 분들이고, 그 사실을 추호도
의심해 본 적이 없지."

"맞네. 나도 그랬지."

강일언의 발언에 교두들이 동의를 표한다. 동심회만이
학관을 존중하고, 가치를 제대로 세워주기 위해 애썼다.

처음엔 이런저런 일도 많았으나. 지금은 무림의 까마득

하게 높으신 어르신들이 교두나 수련생들의 무공을 봐주
실 때도 있고, 술이나 차 한잔을 하며 어울리기도 했다.

동심회의 쟁쟁한 후기지수들도 학관 수련생들을 기죽게
했던 무공에 관한 재질만 제외하면, 좋은 말로는 편했고
쉬운 말로 하면 덜떨어져 보일 때가 많았는지라 막상 대
하고 보면 어렵지가 않았다.

무엇보다, 권오현의 존재가 빛을 발했다.

동심회의 후기지수들이 평범한 학관 수련생도 절대 함
부로 대하지 않는다는 기준이, 아니, 친구로서 존중하고
아낀다는 증거가 바로 권오현 아니겠는가.

동심회 회주의 막내아들에, 화산파 차기 장문인, 그것
도 모자라 황태자의 총애를 받는다는 별진무까지.

학관 출신으로 가장 이름을 널리 알린 셋이 다 상방 오
호 수련생이고, 셋 다 권오현과 친분이 깊었다.

친구들에 비해 권오현이 많이 처진다고 생각할 수도 있
겠지만 바꿔 말하면 권오현이 그만한 녀석들을 아우르고
함께 지낼 수 있을 만큼 대단하단 뜻도 됐다.

게다가 현재 상방 오호에 머무는 이들의 면면도 이가연
합 출신 남궁혁에 제갈세가에서 곧 의절당할 거란 소문이
파다한 제갈영 아닌가.

절대 범상한 조합은 아니었으니.

권오현은 뭔가 특별한 것이 있다는 상방 오호의 장기

수련생으로, 저가 입버릇처럼 말한 학관의 얼굴이 됐다.

　수련생들이 학관에 흥미와 애정을 갖고 이야기할 수 있는 소문의 주인공으로서 말이다.

　오랫동안 학관에 깊은 애정을 갖고 지켜왔던 강일언은 그렇게 자신과 똑같이 학관을 아끼는 권오현을 제자로 받은 게 정말이지 큰 행운이라 여겼다.

　그걸 가능하게 해준 시작에 진유청이 있고, 과정에 동심회가 존재한다.

　학관 교두들과 수련생들에게 동심회는 너무나 특별했고, 그들은 벌써 오래전부터 자신들의 무림맹이었다.

　하지만, 그것과는 별개로!

　"나는 말일세, 동심회의 등 뒤에 숨고 싶진 않다네. 여긴 학관이고, 배움의 터전을 지키는 건 우리의 몫이니까. 우리가 모자라 그분들에게 많은 도움을 받는 건 사실이지만, 그렇다고 하여 근간을 지키는 것까지 그럴 수는 없는 노릇 아니겠나?"

　그렇게까지 외부에 의지하게 되면, 결국 무림학관이 처음 세워졌을 때부터 각 문파의 개입과 간섭을 받아 오다 결국 썩어 무너져 내렸던 역사를 되풀이하는 첫발자국을 다시금 자신들이 찍는 거나 다름없게 될 터가 아닌가.

　"지켜야 할 가치가 있다면, 희생하고 피를 흘려야 옳네. 그래야 그것을 양분으로 하여 학생들이 보고 배울 것이 만들어지고, 성장할 수 있을 테니까."

강일언이 동료들을 돌아본다. 그들은 아직도 자신과 같은 생각일까?

긴장했던 강일언의 눈가가 부드럽게 풀렸다.

다들 웃으며 강일언을 바라보고 있었던 것이다. 그들의 눈에 담겨 있는 신뢰를 강일언은 읽을 수 있었다.

강일언은 자신의 평생 중 오늘을 절대 잊을 수 없을 거 같았다.

평생 자신을 자책하고 괴롭게 했던 벽을 깬 순간보다 지금이 더 인상 깊었다. 기이하게도 말이었다.

第三章

경계에서!

“이제 곧 섬서군.”

진유청이 기지개를 쭉 펴며 말했다.

“그러게. 의외로 큰 사고 없이 여기까지 왔네.”

옆에서 듣고 있던 정한수가 고갤 끄덕이며 하는 말에 일행들 대부분이 동조했다.

진유청과 함께 하는 여행길 치고는, 이만하면 무탈하다 할 수 있었으니.

하나 절대 그 의견에 동조할 수 없는 이들도 있긴 했다.

“저 사람들한테는, 이게 큰 사고가 없었던 건가?”

산적 두목인 달수가 넋을 놓은 얼굴로 중얼거린다. 그들은 이레란 시간 동안 평생 해볼 기이한 경험을 모두 합

쳐도 모자랄 만큼 여러 가지 일을 겪었기 때문이다.

달수는 자신들과 같은 일을 하는 동료들이 인근에 그렇게나 많았는지도 처음 알았고. 일견 평범해 보이지만, 절대 그렇지 않은 청년의 지시대로 타 산채를 털어 지도나 정보를 얻어낸 것도 원래대로의 보통 산적이었다면 해볼 일이 없었을 엄청난 사건이었다.

무엇보다, 자신 같은 산적이 화산 장문인에, 소문만 무성한 무림맹 내 신흥 강자인 동심회 회주의 막내아들과 함께 있다는 게 말이 되나?

그런데 그 상상할 수도 없는 일이 눈앞에 현실로 나타난 거다.

하나 되짚어 보면, 자신 같이 보잘것없는 산적들에게야 까무러칠 만한 일이었을지 모르지만 다른 사람의 인생에 나타났다는 자체가 일생일대의 사건이 될 수 있는 존재들의 감이 같을 리가 없지 않은가.

저들로 인해 이 모든 게 자신들에겐 너무 특별해졌지만, 자신들은 저들에게 아무런 영향도 끼치지 못한다는 뜻.

억울하다면 억울할 수 있고, 불쾌하다면 불쾌한 일일 수도 있겠지만 남의 살점을 베어 먹으며 살아온 산적이 뭐 할 말이 그리 많겠나.

자신들보다 더 힘없고 약한 백성들에겐 칼 찬 산적을

만나는 게 평생 겪을 가장 큰 일이자 마지막 사건이 될 수
도 있음에야.

"덕분에 편히 왔어요."

달수가 이 범상치 않은 일행 중, 가장 무서워하는 존재
가 인사를 건네 왔다.

생긴 건 크게 눈 가는 데 없지만 새치름히 휜 눈매와
삐죽 솟구친 장난스런 입매가 인상을 좋게 하는 청년을
처음 봤을 땐, 저 청년이 이 일행의 우두머리 격인 사람일
거라곤 전혀 생각지 못했었는데.

"하…… 하……. 그러셨다니 다, 다행입니다."

달수가 청년과 마주보며 어색하게 말아 올린 입가를 파
들파들 떨며 대답했다.

진유청은 달수의 반응을 충분히 이해할 수 있었다. 사
실 자신과 저들이 이렇게 다정히 인사를 주고받을 만한
사이는 아니었으니까.

뭐, 진유청도 과거를 부정할 생각은 없다. 하지만.

"너무 그러지 마세요. 우리의 첫 만남이 썩 기분 좋게
이루어진 건 아니지만, 작별까지 그러란 법은 없지 않습
니까?"

달수의 귀가 쫑긋거렸다.

여기까지 끌려오면서 들었던 이야기 중 가장 듣기 좋은
말이 분명했으니까!

달수가 잔뜩 기대한 목소리로 물었다.

"그, 그럼 이제 그만 저희를 보내주시는 겁니까?"

"그건 아니고요."

진유청은 조금의 주저도 없이, 제 코앞에서 손사래를 치며 달수를 비롯한 산적들의 바람을 뚝 분질러 놓았다.

아, 네.

속으로 대답한 달수가 차마 입 밖으로 욕을 뱉진 못하고 얼굴을 일그러트린다. 그럼에도 그는 감히 발작할 마음을 먹진 못했다.

진유청의 성격이 과히 좋은 편이 아니란 건, 여기까지 오는 동안 있었던 일로 똑똑히 확인했으니까.

달수의 붉으락푸르락해진 낯빛을 보니 진유청은 좀 섭섭해졌다.

오는 동안 쌓인 정이 있지, 매정하기도 해라!

"에이, 아실 만한 분이 왜 이러실까아? 아저씨와 아저씨의 수하분들이 얼마나 운이 좋은가에 대해선 제가 이미 여러 가지 경로로 확인시켜 드리지 않았습니까?"

유청이 손바닥으로 바지에 묻은 흙을 털 듯, 무릎을 툭툭 치자 달수를 비롯한 사내들의 기색이 단번에 바뀐다.

저 행동이 뜻하는 바를 어찌 모를 수 있을까.

산적들이 너도 나도 입을 열어 변명을 쏟아냈다.

"압니다, 알죠. 저희는 다만 하남에서 나고 자라 이 근방에서만 소소하게 산적질을 해온 터라 섬서 쪽 지리는 잘 모르기 때문에…… 은인분께 도움은커녕 폐만 끼치는 게 아닐까 걱정이 돼서 그, 그럽니다.”

진짜니까, 믿어주십시오!

달수가 눈을 번쩍이며 신호를 보내자 진유청이 고개를 갸웃거렸다.

“어찌 말이 계속 달라지십니까? 우리가 처음 만났을 때만 해도…….”

분명, 하남을 넘어서 섬서 인근까지 소문이 자자한 흉악한 산적 무리라고 자랑, 자랑을 하셨던 분들이.

“그, 그건 말입니다. 그저 먹고 살려고 입에 풀칠이나마 해볼까 싶어 꾸며낸…….”

달수가 급히 나서서 불을 끄려 했지만, 상대가 누구인가. 커다란 심술 단지를 옆구리에 끼고 다니는, 그 진유청 아니겠나.

그는 이미 심술 단지에 한 손을 처넣고 있는 참이었으니.

“너무 겸손해 하실 필요 없습니다. 여러분의 칼에서 묻어났던 살기가 요만큼, 진짜 요만큼만 더 강했어도 오는 동안 마주쳤던 이웃 산적 분들처럼 큰 깨달음을 강제로 얻으실 수 있으셨을 겁니다.”

진유청이 한쪽 손을 쭉 내밀더니만, 엄지와 검지를 오

므렸다. 두 손가락은 원을 그리며 맞붙기 직전, 종이 한 장이 아슬아슬하게 들어갈 것 같은 공간만 남긴 채 멈췄다.

하마타면 하늘과 땅이 맞닿을 뻔했던 거나 다름없는 충격적인, 요만큼의 실체에 산적들이 몸을 부르르 떨었다.

저 비좁은 틈이 산적들에게 있어선, 천지개벽이 일어나지 않게 세상을 지켜준 커다란 차이가 돼준 것이다.

농사꾼 출신으로 산에 흘러들어 가 이리저리 구르다 우연히 고인에게 몇 수의 배움을 얻은 후 자신의 산채를 꾸리게 된 달수는 산적질은 해도, 사람은 죽이지 말자고 다짐했던 자신의 신념이 이렇게 큰 보답을 해줄 줄은 상상도 하지 못했었다.

그는 자신을 단번에 알아봐 주고, 산적 주제에 꼴값잖다며 비웃지 않고 오히려 죄를 가감해 대우해 준 유청에게 불현듯 고마운 마음이 샘솟았다.

자신이 나쁜 놈은 맞지만, 아주 글러먹은 쓰레기는 아니라고 얘기해 주는 거 같았으니까.

하지만 콧대를 얻어맞았는데, 코피는 안 나서 다행이라며 때린 놈에게 살살 쳐줘 고맙다고 할 수는 없는 노릇 아닌가.

무엇보다 수하들이 다 보고 있는 장소에서.

코딱지만 한 산채라고 해도 달수는 주인이자, 책임자였

다.

한데, 등 뒤에서 느껴지는 열화와 같은 성원.

"두목, 뭐하십니까?"

"전 아직 장가도 못 갔습니다!"

달수의 고민이 무색해진다.

수하들은 저 청년이 인정해 준 작지만 큰 차이가 좁혀지다 어느 순간 하늘과 땅이 하나가 될까 봐 걱정하는 듯했다.

하긴. 갑자기 고자가 될 수도 있는데, 곤란한 게 당연하지.

달수가 정색을 하며 입을 열었다.

"앞으론, 착하게 살겠습니다."

함축적으로, 많은 게 포함된 선언이었지만.

"앞으로가 아니라 당장 해야 할 것부터 하셔야지요."

진유청은 마음에 들지 않는 듯 녀석이 콧잔등을 찡그려 주름을 잡았다.

달수 아저씨 패거리도 산적질을 하면서 사람을 죽이지 않았다 뿐이지, 상처 주고 약탈한 죄는 그대로 남아 있지 않나.

이 아저씨가 어디, 개과(改過)도 없이 천선(遷善)만 할라 그러시나.

그것은 완벽한 개과천선이 아니지 않은가!

일단 나쁜 놈으로서 죗값 다 치른 다음에, 착해져도 착해지는 거다. 죄 지은 놈은 나쁜 놈인데, 왜 착한 놈한테 죗값을 물려주려 하나.

저가 복수하려는 대상이 개과천선했다는 것만큼 찜찜한 일이 어디 있다고.

복수 하나 바라보고 노력한 사람을 두 번 죽이는 짓으로, 또 한 번 여러 사람한테 민폐 끼치는 거나 다름없다.

혹시 죗값 갚아야 할 대상이 유청 자신처럼 전생에 있다거나 한 명, 한 명 찾기 힘들 때는…… 세상에 빚을 갚으면 된다.

크게 소리쳐라.

나 빚 갚는다고. 그러니 지금 달려들지 않고 묵혀났다가 나중에 오면 소용없을 거라고.

그렇게라도 인과가 이미 맞춰진 후라면, 응보가 찾아온다 해도 흐름이 균형을 잃고 극한으로 치닫지는 않을 터.

그래서 아직 유청 자신이 좀 못된 거다. 개과천선을 다 못해서, 훗.

"당장 해야 할 것부터 해야 한다는 건……?"

달수가 유청의 눈치를 살피며 되물었다.

대체 이 청년은 자신들 같이 별 볼일 없는 산적들에게 무얼 바라는 걸까?

각 산채들 사이에 예부터 전해지는 샛길이나 관군을 피

해 도망칠 목적으로 찾아놓은 경로를 표시한 지도를 뺏은 다음, 그것에 자신들의 경험을 녹여 인적이 드물고 잘 알려지지 않은 곳으로만 이동하여 여기까지 온 것처럼……섬서로 넘어가 목적지까지 향하는 것?

누굴 피해서 이동하는 건지는 모르겠지만, 자기들끼리 주고받은 대화로 추측해 낸 신분이 너무 대단하니 쫓아오는 이들 또한 절대 만만한 상대는 아니리라.

그렇다는 건 목적지에 가까이 다가갈수록, 점점 더 위험해질 거라는 뜻.

자기들의 정의를 위해 우리를 이용할 테니, 목숨을 걸라는 건가?

달수의 머릿속이 복잡해지다 짙은 의혹에 빠져들 쯤, 진유청이 대답했다.

"아저씨는 조금 나쁜 산적이 돼서 많이 나쁜 산적들을 잡아보는 게 어때요?"

"네?"

"어차피 아저씨가 돌아가서 산채를 해산하고 물러나면 거기 또 다른 누가 자릴 잡겠지요? 이번엔 아저씨처럼 사람은 해치지 않는다는 신념을 갖은 이도 아니라 척 봐서 세 보인다 싶으면 꽁무니 빼고 만만한 일반 백성만 쥐 잡듯 잡고 그러다 죽이기도 하고요."

산에 피가 뿌려지고, 바람이 스칠 때마다 혼의 울음소

리가 들리게 될 거다.

"그건 아니 되지요."

달수가 처음 세운 산채이자 애정이 깊이 깃들어 있는 산이었다.

"예전에 갑자기 천하 여기저기에 출몰했던 무공이 강한 산적들 기억나시지요?"

뜬금없는 유청의 물음에 달수가 고개를 끄덕인다. 강제로 진유청 일행과 동행하게 됐을 때도 그는 똑같은 질문을 던졌었다.

어디서 그런 이들이 우르르 나타났나 싶게 모습을 드러내 산적들을 몰아내고 산채를 차지한 다음 자기들이 원래부터 산적이었던 것처럼 행동하던, 무림인들에 관해서 말이다.

동심회에선 그들의 소속이 연이상단일 거라 추측했고, 연이상단이 휘청거린 쯤부터 그 수가 눈에 띄게 줄고 흔적을 감춘 곳이 늘어났단 이야기에 확신하게 됐다.

그들의 힘이 약해지자, 그들에게 기가 눌려 움츠리고 있던 산적들이 다시 기지개를 폈다. 산적들은 자기들이 있던 자리로 돌아가기 위해 싸움을 일으켰고, 세력이 재편성되는 과정으로 인해 천하의 산들이 몸살을 앓고 있었다.

주인이 사라지거나, 세가 깎인 산채를 차지하려 드는

산적 패거리들이 한둘이 아니었고. 그들 중 누가 운 좋게 엉덩이를 붙이고 앉았다 해도 이내 밀려나기 일쑤.

제 소유권을 주장할 수 없는 건 그들 또한 원래 주인의 것을 빼앗아 차지했던 이들이니 무슨 할 말이 있겠나.

예전에는 굶주린 백성들이 칼 한 자루 품에 안고 산적이 되겠다며 산으로 들어가는 경우가 많았지만, 이건 순전히 칼 밥 좀 먹어본 놈들끼리의 세력 다툼이라 할 수 있었고.

이런 혼란이 빨리 정리되지 않으면 고통받는 건 일반 백성들뿐이었다.

백성들은 어디에 간다 해도 가장 만만하고, 약한 상대로 찍혀 있으니까.

"그들에게 밀려 산채들이 흩어지고, 밀려난 산적들은 인가로 내려가 파락호가 돼 백성들을 괴롭히는 흑도의 무리 숫자가 몇 배로 불어 난리가 나고. 또 그런 일이 벌어져서야 되겠습니까?"

"……안 돼지요."

"산적들에겐 산 사나이로서의 긍지가 눈곱만큼도 없는 겁니까? 진짜 그저 입에 풀칠이나 하기 위해 칼 들고 양민들을 해치고, 산을 두렵고 피폐한 곳으로 만드는 게 다입니까?"

"그렇게 잔인하게 굴면 누가 그 산에 오르려 하겠습니

까? 통행량이 줄면 산적들의 수입도 줄게 됩니다. 제대로 된 산적이라면 함께 살아갈 수 있도록 적정한 선을 정해 놓고 그 규칙 내에서 작업을 하기 위해 노력하는 법입니다.”

달수가 신념 다음으로 내세우는 게 그거다. 공생(共生).

뜯어 먹는 자와 뜯기는 자가 함께 외쳐야 할 공생이다 보니, 잡음이 없을 수는 없겠지만. 최소한의 피해와 양보로 적정한 수준이 맞춰지면 불가능한 일은 아니었다.

만약 관계가 이어지지 않는다면, 둘 중 한쪽이 말라붙어 고사될 거란 전제가 붙을 테니까.

호오.

진유청이 순수하게 감탄했다.

이레 동안의 동행으로 살펴봤을 때 두목인 달수는 물론이오, 한 패거리 내의 동료들 또한 산적 치고는 괜찮다 여겼는데.

예상보다 더 사고가 확고하고 기준이 명확했던 것이다.

“그렇게 좋은 건, 혼자 알지 마시고 다른 산적들과도 나누십시오.”

진유청이 반색하며 하는 말에 달수가 고개를 갸웃거렸다.

“어떻게 말입니까?”

거칠고 자유롭게 사는 산적들인지라 남의 말 듣는 걸 죽도록 싫어했다.

"천하의 산채를 하나로 묶는 겁니다."

진유청이 해맑게 웃으며 대답했다.

"아, 그런 방법도 있겠습니다."

달수도 순순히 동조했다. 말, 그대로 그냥 그렇구나, 했을 뿐이다. 한데.

"아저씨가 해보십시오."

녀석은 눈을 반짝반짝 빛내며 진심을 담아 얘기했다.

"……천하의 산채를 하나로 묶는 거 말입니까?"

생선을 짚에 엮어 묶으란 것도 아니고. 포대 주머니를 가죽 끈으로 묶으란 것도 아니고.

천하의 산채를 일통하라고?

누가 그런 걸 상상이나 해봤을까, 싶을 정도의 이야기다. 대체 산적들을 하나로 모아 어따 쓰려고?

"산 사나이로서의 긍지를 심어주고, 자유를 누리되 그것에 대한 책임을 지게 하세요. 공생하여 사람들이 조금 피를 덜 흘리고, 조금 덜 울도록. 산사람들은 더 사나이답게, 호탕해질 수 있도록. 아저씨가 만들어 보세요."

잠시의 동행이었지만, 지금껏 봐왔던 산적들과는 조금 달랐던 달수가 진유청에겐 꽤나 인상적이었던 모양.

칼 밥을 받아먹고 자라, 자연스레 칼 밥을 벌어먹고 살게 된 이가 아니라 그런지 살기(殺氣)도 덜하고. 씨를 뿌려 곡식을 수확하는 삶에 대해서도 어느 정도 알고 있고.

무엇보다 겁을 주는 걸로 먹고사는 산적이, 사람을 죽이지 않고 피를 적게 보려 노력했다는 게 대단하지 않나.

아주 강한 이라면 신념을 지키는 게 오히려 쉽겠지만, 그저 그런 강함으로 흔들리지 않게 마음을 다잡는 건 어렵다.

특히나 먹고사는 것과 직결된 문제라면, 더욱더.

"저, 저기 공자님."

달수가 당황해 어쩔 줄 몰라 한다. 눈앞의 저 대단한 가문 출신이라는 공자님이 뭘 알고 하는 얘기긴 한가?

아니면 천하에 흩어진 산적들의 규모가 이 동네 저 동네 파락호들 몇 모아 흑도 단체 하나 만드는 정도라고 생각하는 건?

자신들의 목숨을 바쳐 길 안내나 잘하라고 하지 않을까 했더니만, 이건 뭐. 훨씬 더 어이없고 황당한 이야기를 들어 버렸다.

"지금 당장 뭔가 해야 한다는 게 아니라, 꿈을 가지라는 거죠. 일단은 씨를 뿌려야 싹이 나올 테니까요. 그 싹이 나무가 되는 게 내 대에서일지 내 자식 대에서일지는 몰라도…… 누구든 먼저 한 걸음을 내디뎌야 흐름이 시작되는 겁니다."

모든 것의 시발점이자 근원이 될, 첫 발자국.

저, 청년. 지, 진심인가 보다!

혹시 동심회에서 도와주는 건가? 아니면 동심회에서 천하의 산채를 모아 음모를 꾸미려는…….

"혼자 힘으로는 좀 힘드시겠지만, 두목을 버리고 튈 기회가 있었음에도 그러지 않은 좋은 동료들이 있으니 잘하실 수 있을 겁니다."

진유청은 달수의 머릿속을 읽고 있는 것처럼 깨끗하게 정리했다. 동심회의 도움 따위.

있을 리가 있나?

예전의 가출 경험에 더해져 이번에 여러 산적들을 만나며 유청이 혼자 생각해 본 거니까.

무림은 말할 것도 없고, 황궁을 뒷배로 삼아 기세 좋게 날뛰던 연이상단도 상계를 일통하려 애썼지만 소용없었다.

홀로 치고 높이 올라가 다른 세력을 위협하고 깔볼 정도는 될지 몰라도, 특정 분야를 독점해 온전히 제 손아귀에 움켜쥔다는 건 그 상태를 유지하는 것에만도 모든 걸 쏟아부어야 할 만큼 많은 노력과 힘이 필요한데.

무림이나 상계나. 득세하는 세력과 단체가 각양각색, 서로 찔러보고 이해관계에 따라 붙었다 나뉘길 반복하며 뒤섞여 있으니…… 온전히 하나에만 힘을 쏟을 수가 없었던 거다.

하나 산적이라면 조금 다르지 않을까?

지금까지 오합지졸로 흩어져 있어 한 번도 제대로 뭉친 적이 없고 그럴 의지도 없었던 곳이었으니까 오히려 큰 덩이 하나가 제대로 만들어지면 단합이 잘될지도 몰랐다.

게다가 지금은, 산적들 사이에 일대 혼란이 일고 있는 시기. 그럼에도 불구하고 크게 관심을 갖는 이들이 없지 않나.

진유청이 보기에, 이건 기회다.

달수가 저와 수하들을 돌아봤다.

달랑 이 인원으로 뭘 하라고?

"하하. 재미있는 말씀, 잘 들었습니다."

달수는 조용히 넘어가려 했다. 자신은 생각도 안 해본 일이고, 그냥 잊으면 그뿐 아니겠나?

그러나 진유청은 그럴 생각이 없는 듯.

"잘 생각해 보세요. 시작하는 게 어려운 건 아니잖아요?"

맞다. 그 시작을 쭉 이어가는 게 힘든 거지. 게다가 이런 종류의 일은 흐름을 만들면 그 뒤론 자신이 원하지 않더라도 멈출 수 없이 등이 떠밀리게 된다는 것.

근데 왜 가슴이 뜨거워질까?

꿈을 꾸는 게 잘못된 건 아니라고, 달수는 생각한다.

그는 이미 유청이 던진 미끼에 저도 모르게 잇자국을 내고 있다는 걸 자각하지 못하고 있었다.

아직 씹어 삼키진 않았지만, 이미 물긴 물었다는 소리!

"유청이, 저거. 왜 저러냐?"

미친 거 아냐?

가만히 지켜보고 있던 나채환이 미간을 찡그리며 정한수에게 말한다.

"그러게. 저거, 저거. 저 요망한 녀석이 또 멀쩡한 아저씨 한 명 홀리고 있네."

덤으로 멀쩡했던 산적 아저씨의 수하들 십수 명까지 얹어서 말이다.

정한수도 고개를 설레설레 저으며 혀를 내둘렀다.

저 아저씨의 남은 생은 상당히 보람찰 거 같지만, 별로 평온하진 못할 거 같았다.

"산채들을 하나로 묶어 관리하라니……."

나채환이 한숨을 내쉰다.

황태자 전하께서 들으시면 기가 막혀 눈에서 불을 뿜고도 남을 이야기가 아닌가!

황제 폐하는 또 어떻고.

밑에 깔린 신념의 옳고 그름을 떠나, 무림의 세력을 견제하고 동향을 살피는 데에 많은 힘을 쏟으시는 폐하께선 절대 용납하지 않으실 일이다.

특히나 산적들은 무림인들보다 훨씬 더 백성들의 삶과 밀접하게 연관돼 있으니까.

나채환이 속으로 혀를 차며 초린대 대원들을 돌아봤다. 녀석들도 눈을 동그랗게 뜨고 어쩔 줄 몰라 한다.

나채환이 그들을 향해 슬쩍 고개를 저어 보였다.

초린대 대원들이 잠시 고민하는 기색이더니 이내 고개를 끄덕였다.

만약 황태자에게 위해를 가하거나 그의 뜻을 직접적으로 거스르는 게 됐다면 그냥 넘어갈 수 없었겠지마는……

아직은 별거 아닌 일이라 여긴 거다. 대신 이후, 이게 문제가 됐을 땐 다 같이 오늘의 묵인에 관해 책임을 져야겠지.

그래도 대원들은 나채환과 그가 신뢰하는 진유청에 대한 믿음이 있었고 이들을 위해서라면 그만한 희생은 각오할 수 있다 여겼다.

서로 목숨을 맡기고 있는 사이가 아닌가.

나채환은 이들이 황태자를 따르는 마음이 자신의 어르신을 향한 마음과 같다는 걸 모르지 않기에, 별거 아니라 할지라도 자신에게 수긍해 주어 이 일을 황태자에게서 눈감아준 사실 자체가 얼마나 큰 결심을 한 건지 알고 있다.

그는 마음 깊이 고마웠다.

나채환의 세계가 조금 더 넓어진다.

"한 번 해보시라니까요? 정 힘드시면 제가 이거저거 좀 빌려 드릴게요."

그러니까 뭘?

산적들을 일통하라고 권하는 게 무슨 시장 바닥에서 생선 한 마리 고르는 일도 아니고.

여전히 달수를 붙잡고 힘차게 입을 놀리는 진유청을 향해 천천히 걸어간 나채환이 손바닥을 쫙 폈다.

그리고.

철썩!

"야, 나채환 이 자식! 미쳤냐? 응?"

앞으로 구를 뻔했던 진유청이 뒤통수를 부여잡고 끙끙 거리며 주저앉았다.

"그건 너고."

"내가 뭘!"

"다음부터 이런 작당을 꾸미고 싶으면, 황태자 전하의 수족이 없는 데서 해라."

"헉! 엿들은 거냐!"

"그게 싫으면 안 들리게 둘이서만 조용히 얘기하던가!"

자신들 코앞에서 목소리도 안 죽이고 얘기를 주고받아 놓고 이제 와 무슨 소리인가.

"쳇. 모르는 척해주면 될 걸 갖고."

“나 혼자였으면 애초에 관심 갖지도 않았을 거다.”

나채환이 초린대 대원들이 있는 방향을 곁눈질해 보였다.

“하하, 맞다. 익숙해져서 그런가? 동심회 친구들처럼 생각돼서 경계가 안 되네.”

“앞으론 해. 해야 된다.”

서로를 위해 그게 좋다. 이젠 어린아이가 아니지 않은가.

각자 속한 세계가 다르니 나아갈 방향과 원하는 바 또한 다름을 인지한다.

인정한다.

그러니 몰라도 좋은 부분은 팔 안에 끌어들여 감추는 것도 친구를 위한 배려다. 모든 걸 다 내보여야만 진짜 친구라고 생각할 만큼 우리의 사이는 얄팍하지 않으니까, 괜찮다.

만약 상충되는 입장에서 서로 대립하게 될지라도 마지막에 내린 결정은 제 모든 걸 걸고 한 것일 테니 존중하리라.

그게 어떤 것이든.

유청은 채환을 물끄러미 바라봤다. 부쩍 자랐다 여겼고, 이제 어른이구나 싶긴 했지만…… 정말 실감이 난다.

모든 걸 공유하고 함께했던 어린 시절의 친구들이 각자

저가 선택한 인생을 살아가고 자라나고. 누군가에게 등을 보이고 그 등을 따라 걷고 싶어지게 만드는, 대장이 됐다는 것.

그래서 허전하냐고? 외로우냐고?

설마!

너무 너무, 기쁘다. 잘 심은 씨앗이 연둣빛 싱그러운 싹을 틔우더니 훌쩍 키가 커 나무가 될 준비를 한다.

곧 울창해질 그늘로 저가 품은 세상을 감싸 안겠지.

"자식, 잘 자랐네."

그것도 저가 그렇게 되고 싶어 했던 좋은 어른이, 멋진 어른이 됐다.

진유청이 히죽 웃자 나채환이 말했다. 딱 한 번만, 이다.

두 번은 안 할 예정.

"그때, 날 북경에 데려가 줘서 고마웠다."

유청을 만나서 나채환의 운명이 바뀌었다면, 그와 함께 간 북경에선 나채환의 인생이 달라졌다.

이런 친구가 또 있을까?

보고 있으면 배울 게 생기고 엇나가지 않게 잡아주고 세상을 대하는 다른 방법을 가르쳐 주더니만 살아갈 수 있는 힘을 얻게 도와줬다.

나채환은 세상의 어떤 기연을 준다 해도. 설혹 그게 천

하제일의 무공이나 부, 권력을 얻게 해주는 것일지라
도…….

진유청과 만날 기회와는 바꾸지 않을 것이다.

그것이야말로 나채환의 인생에서 가장 큰 기적이었으니
까.

"그럼 그때 북경까지 가는 동안 길 잃어 헤매고 산적들
과 만나고, 죽을 뻔했다가 사기당하고 거지 취급까지 당
했던 거 다 합쳐서. 그 기억들도 다 좋은 추억으로 바뀐
거냐?"

진유청이 기대감을 갖고 물어보지만.

"……그건 아니고. 거기까진, 평생 무리다."

나채환이 고개를 젓자 진유청이 쳇, 하고 작게 입을 삐
죽거렸다.

이번엔 둘의 대화를 듣고 있던 달수가 놀랄 차례.

갑자기 황태자 전하의 수족은 뭐고, 북경은 또?

화산장문인이나 동심회 이야기는 얼핏 주워들었지만 초
린대 어쩌고 하던 이들이 관과 관련된, 그것도 아주 고위
직에 속하는 이들일 줄은 몰랐다.

당연하지! 관과 무림은 불가침 관계로 섞이는 일이 없
는데 한 뭉텅이로 돌아다닐 거라고 어찌 생각할 수가 있
겠나!

스스럼없이 자신들을 대했던 다른 일행들과 달리, 산적

임을 꺼려 하는 듯 보여 가문과 사문에 집착해 귀천을 따지는 거대 문파 출신의 귀한 공자님들이라 그런 건가 했을 뿐.

사실 그쪽이 더 일반적인 경우이긴 해서 딱히 이상하단 생각도 못했지.

관에 속한 이로서 갖는 태생적인 반감과 적의일 거라고는 예상치 못했다.

근데, 저 청년. 대체 뭐냐?

아무리 동심회 회주의 막내아들이라지만 화산 장문인을 구박하고, 화산 장문인 후계자와는 주먹다짐을 하기 일쑤.

관과 연관됐다는, 냉기 풀풀 풍기는 잘생긴 청년과 농담을 주고받으며 서로 깐족거리는 것도 너무 자연스럽고.

무엇보다 관인들 앞에서 달수 자신에게 산적들을 하나로 묶어 산 사나이로서의 자긍심을 심어주고, 당당하게 산적질을 하라고 부추겼지…… 아마?

방금 있었던 일이니 자신이 잘못 기억하고 있는 건 아닐 테고……

아무래도 진유청이란 저 청년은 간이 배 밖으로 나온 게 확실했다.

벌렁거리는 심장을 다독인 달수가 슬쩍 한 발을 뒤로 내뺐다. 저 두 사람, 특히나 진유청과 거리를 두기 위해서.

저 청년에게 휘말렸다간, 자신 같은 별 볼일 없는 산적
은 뼈도 못 추리게 될 거란 강력한 예감이 팍팍 들었다.

그런데, 이상하지?

왜 나머지 한 발이 움직이지 않을까. 그러면 한 걸음
완벽히 물러선 게 되고, 그 뒤론 척척 뒷걸음질 칠 수 있
게 될 텐데 말이다.

어중간한 자세로 굳어 있던 달수는 결국 경계에서 벗어
나지 못했다. 아니, 벗어나기 싫었다는 게 좀 더 정확한
표현이리라.

"괜찮으시겠습니까?"

달수가 걱정스레 묻자 진유청이 어깨를 으쓱거렸다.

"열심히 해봐야지요."

섬서로 넘어가는 경계에서 유청은 산적 아저씨들을 돌
려보내기로 했다.

일행도 더 이상의 동행은 서로에게 위험하다 여겼기에
동의한다.

경험을 살린 길잡이도 좋지만, 섬서는 산적들에게도 낯
선 곳인데다가 본격적인 위험이 도사리고 있는 곳을 활보
하기엔 그들의 무공이 약했고.

일행이 그들을 보호하며 이동하기엔 이점보다 손실이
크다 판단한 탓이다.

달수는 자신들을 끌고 가 미끼로 쓰거나, 이용해 먹고 버리려는 건 아닌가 하고 처음에 걱정했던 게 떠올라 얼굴이 붉어졌다.

"그럼 몸조심하십시오."

그는 자신들의 처지에 저들을 걱정하는 게 왠지 우스운 일이라 여기면서도, 말하고야 만다.

짧은 시간 정이 들어서라기 보다는, 언젠가 다시 한 번 꼭 만날 수 있기를 바랐기 때문.

진유청이 달수의 가슴속에 집어넣은 바람이 자꾸 팡, 팡 심장을 때려 마음을 흔들고 있다.

그런 게 제 속에 있었는지도 모르던 열기와 함께, 바람은 넓은 세상을 달리고 싶다며 어서 첫발을 내딛어 길을 만들라 등을 떠민다.

그래서 그는 궁금해졌다.

먹고사는데 급급했던 자신이 다른 것을 위해 달리고 싶어지게 만든 저 청년이 어떤 사람인지.

누구나 할 수 있는데도, 아무도 하지 않으려 드는 계란으로 바위치기를 자신은 기꺼이, 곧은 의지를 갖고 할 수 있을지에 대해서도.

훗날 저 이와 재회했을 때 같은 질문을 받는다면 지금과는 다르게 제대로 된 대답을 할 수 있기를 바랐다.

그게 자신이 선택한 길이 될 테니까.

“네. 달수 아저씨도 잘 지내세요. 그리고, 아시죠?”

진유청이 엄지와 검지를 동그랗게 만들어 보였다.

기본을 잃는다면, 저가 한 얘기처럼 무리해서 거창해질 필요가 없으니까.

세상이 모두 선(善)으로만 가득 찰 수는 없다. 그러니 어쩔 수 없이 공존해야 한다면 자신들과 함께 살아갈 상대가 아주 나쁜 놈이기 보다는 조금 덜 나쁜 놈이길 바란다.

이것이 절대 선을 주장하는 이들에겐, 악을 용인하는 수단으로 그들과 타협한 위선(僞善)으로 보여 배척받게 될지도 모르지만……

평범한 사람들의 삶에선, 절대적인 기준과 가치라는 게 얼마나 가혹하게 다가갈 수 있는지 생활(生活)보다 의식(儀式)에 더 뜻을 둬 치중하는 이들은 알지 못할 테니까.

“……명심하겠습니다.”

저 원이 붙어 완벽하게 이어지는 날이 자신들이 고자가 될 날이라는 것!

모르고 싶어도 외면이 안 됐다. 달수와 그의 동료들이 저도 모르게 겸손하게 허벅지를 붙인 뒤 두 손을 포개 중요 부위 위에 덮었다.

진유청이 그들을 바라보며 피식 웃다가, 제 손가락을 바라봤다.

엄지와 검지 사이에 있는 이 좁디좁은 틈이 차이를 만들고, 그 차이가 변화를 불러들였다.

변화는 이제 어디로 뻗어갈꼬?

"혼자 간직하셔도 좋고, 다른 이들과 나누셔도 좋고. 꿈이잖아요, 너무 복잡하게 생각지 마세요."

진유청이 부드러운 조언을 남긴 뒤 일행과 함께 사라졌다.

등 뒤에 남은 이들의 기척이 그 후로도 오랫동안 이어졌다. 아마 자신들이 떠난 후에도 한참이나 그 자리에 서 있었던 모양.

저들이 갈 곳이 어디든 이전보단 나은 곳이길, 유청은 바랐다.

저들은 인생 최악의 재앙을 이미 만난 거나 다름없으니 앞으로는 좋은 일만 가득하기를.

축복을 빌어준 유청은 속도를 높여 섬서의 경계에 진입하기 직전, 입을 열었다.

"이제 슬슬 따라붙기 시작했으니, 조심하십시오."

멀찍이서 자신들의 행방을 탐색하며 확인하고만 있던 인의회가 드디어 모습을 드러냈다!

드디어 본격적인 싸움이 시작된 것이었다.

第四章

추격대!

“뛰세요!”

진유청이 외쳤다.

“지금?”

“왜, 싫으냐?”

진유청이 정한수를 흘겨봤다.

그렇게 싫으면, 너 혼자 남아 있다 추격대와 만나서 너희 대사형과 함께 우리가 일 끝마치고 데리러 가길 기다리던가!

유청이 녀석이 말로 표현하진 않았지만, 어째선지 정한수는 알 것 같았다.

저거 분명, 내 욕했어!

그래도 상황이 상황이니 만큼 한 번 참는다.

"알았다. 간다, 가!"

정한수가 눈가를 씰룩이며 흙바닥에서 엉덩이를 떼려는데.

"가긴 뭘 가. 더 있어도 상관없으니 아예 자리 깔고 누우시던가."

절대 한마디도 그냥은 져주는 법이 없는 유청이 정한수를 향해 이죽거렸다.

정한수가 생글생글 눈가를 휘며 받아쳤다.

"그럼 우리 누워서 데굴거리며, 니 희망 사항 중 첫 번째에 등장하는 용 새끼가 어느 동네 사는 누군지에 대해서나 이야기해 볼까?"

별 관심 없다는 듯이 팔짱을 낀 채 두 녀석의 이야기를 흘려듣고 있던 나채환의 귀가 쫑긋거렸다.

용 새끼? 그게 어느 동네의 누군데?

전설 속 상상의 동물인 용이 아니라, 유청이 녀석이 가끔 농처럼 던졌던 비유 중 하나였단 걸 알게 되니 호기심이 일…….

문득 나채환의 머릿속에 은빛 비늘을 번쩍이며 오만하게 턱을 치켜드는 용 한 마리가 그려진다. 너무나 똑똑하고 선명한 그 눈빛.

그래, 그분을 제외하고 세상에 누가 있어 태어날 때부

터 용일 수 있을까. 그만큼, 어울리는 이가 또 어디 있을까?

어느 동네의 누구, 는 바로 태자 전하이셨던 것이다.

"밥 한 번 안 주신 거로 정말 두고두고 씹히시는구나."

설마 그게 다 일리는 없겠지만, 최소한 한 부분은 차지하겠지.

나채환의 혀 차는 소리가 제법 크게 울려 퍼지자, 진유청이 정한수를 째려봐 줬다.

아주, 그냥 노래를 해라, 노래를 해.

차라리 대놓고 애길 하지 그러니, 응?

진유청의 핀잔 섞인 눈빛을 맞는 정한수의 대처 방법은 간단했다.

"흥!"

녀석이 콧방귀를 뀌더니 고개를 휙 돌려 버렸다.

니가 애냐? 애야!

나이는 열여덟이나 먹어서. 화산파 차기 장문인이 될 녀석이 잘하는 짓이다.

진유청이 와락 인상을 쓰려는 찰나.

퍼억!

"안 뛰어? 뛰라며. 뛴다며!"

나채환이 끼어들어 두 녀석을 냅다 걷어차 쓸데없는 싸움을 멈춰주었다.

당장 자신들의 꽁무니로 따라붙은 추격대를 피하기도 벅찬 판에 잘들 하는 짓이다 싶은 거다.

"어째 신기합니다."

참 질리지도 않고, 저러는 게 말이다.

셋의 다툼을 구경하고 있던 손정우가 윤수일에게 말하자 그도 동의하는 듯 조용히 고개를 끄덕였다.

한 명씩 따로 있을 땐, 아무나 오를 수 없는 높은 위치에서 제 능력을 발휘해 빛을 발하고. 그 나이로는 절대 할 수 없을 힘든 일도 아무렇지 않은 얼굴로 척척 해내는 굉장한 이들이 분명한데.

저렇게 붙여만 놓으면, 딱 그 나이에 걸맞은 어린 청년들로 느껴지지 않는가?

아주 드물지만, 가끔은 덜 떨어져 보이는 순간까지 있었다.

그래, 딱 저런 때.

"나채환, 이 자식!"

발에 차여 나동그라졌던 진유청과 정한수가 동시에 외치며 발딱 일어났다. 두 사람은 마치 짜기라도 한 것처럼 같이 나채환을 공격했다.

"……저분들 확 다 버리고 우리끼리 먼저 가 버릴까요?"

손정우가 양 어깨를 으쓱거리며 하는 말에 윤수일이 좀

전처럼 자연스레 고개를 끄덕이려다 말고 멈칫했다.

"오오. 저 방금 똑똑히 봤습니다!"

검지로 윤수일의 얼굴을 가리킨 손정우가 현재의 급박한 상황도 완전히 잊은 듯 활짝 웃는다.

사리분별 정확하고 차분한 성격으로 실수하는 일이 적은 윤수일인지라 놀려 먹을 일이 거의 없었는데, 드디어 하나 잡았다!

물론 대장과 친구들 하는 짓이 이 꽉 막힌 사람이 보기에 얼마나 황당했으면 그랬을까 싶어 살짝 애처롭긴 했지만…… 그래도.

한데.

"지금이 장난이나 하실 땝니까!"

윤수일이 정색을 하며 얼굴을 굳힌 다음, 아직도 저를 가리키고 있는 손정우의 검지를 오른손으로 쳐냈다.

철썩 소리에 가장 놀란 건 맞은 손정우나, 다툼을 멈추고 깜짝 놀라 이쪽을 바라보는 세 사람. 혹은 소운찬과 화산의 제자들이 아니라…… 때린 윤수일 본인.

저도 제 손에 이렇게 힘이 많이 들어가 있을지 몰랐던 터라, 예상보다 큰 소리와 새빨개진 손정우의 손등에 당황했다.

그의 기색을 읽은 손정우가 벌게진 손을 얼른 등 뒤로 감춘 다음 멀쩡한 다른 편 손으로 머릴 긁적거린다.

"하하, 괜찮습니다! 제가 분위기 파악도 제대로 못하고 너무 가벼이 행동했습니다."

더욱 미안해진 윤수일이 뭐라 입을 열려 했지만, 변명이란 걸 해본 적이 없으니 이런 상황을 부드럽게 넘길 만한 이야기가 떠오르지 않았다.

이런, 이런.

유청이 입맛을 다셨다.

자신들이야 저런 상황에서 오히려 더 윽박을 질러서 상대를 어이없게 만들거나 과하게 미안한 척 호들갑을 떨며 사과를 할 텐데…… 윤수일에겐 그럴 만한 주변머리가 없어 보였다.

하긴, 저 관리 나리들 중 그나마 행동이 고리타분하지 않고 유쾌하며 가벼운 이는 손정우뿐이지 않았나.

게다가 윤수일은 저들 중에서도 유독 더 경직된 사고를 가진 이였으니.

하지만 유청은 기억하고 있었다.

일전에 손정우의 숙부와 같다는 기신양에게서 무림맹으로 연락이 왔을 때 유청이 도지휘첨사라는 그를 의심한 적이 있지 않나.

손정우는 어찌 그리 쉽게 사람을 의심하느냐며 화를 내고 가 버렸고.

그때 윤수일이 손정우의 편을 들어 그에 대해 변명해

주지 않았던가.

겉으론 저래도, 저와는 전혀 다른 손정우를 꽤나 마음
에 들어 하는 게 분명한 것이다.

그러니 저 어색, 어색한 분위기가 한층 더 깊어지기 전
에!

"뭣들 하세요? 적들이 바짝 쫓아왔다니까요?"

일단 튀고. 이따가 마저 해결하자!

진유청이 한시가 급하다는 듯이 뒤로 고갯짓을 하며 일
행을 재촉했다.

워, 워. 얼른 달려요, 달려!

그냥 해보는 말이 아니라, 꾸물대는 사이 화산파의 추
격대가 바짝 근접했음이 느껴졌기 때문이다.

유청은 일행 중 뒤처지는 이가 없는지 확인하며 다리에
힘을 실었다.

"그게 무슨 말입니까?"

전용후가 희미하게 눈살을 찌푸린다.

"저들이 꼭 우리의 움직임을 읽고 있는 것처럼 요리조
리 빠져나가는구나."

"우리 내부에 첩자가 있다는 겁니까?"

"그럴 리가 있겠느냐. 게다가 설혹 첩자가 있다 해도,
급박한 추격전 속에 일일이 우리의 움직임을 저들에게 알

려주어 몸을 피하게 할 순 없을 게다.”

“번번이 좋은 기회를 놓친 것에 대해 변명이 하고 싶으신 거였다면, 뭔가 제대로 된 이유를 찾아오시는 게 좋겠습니다. 제가 언 장로님의 변명거리를 대신 만들어 드릴 순 없지 않겠습니까.”

자꾸 뜸을 들이며 말을 늘이는 속내를 읽은 전용후가 언인영을 빤히 바라보며 말했다.

“흠, 흠.”

언인영이 고개를 슬쩍 돌려 그의 시선을 외면했다.

워낙 예의 바르고 진중해 존장을 향해 싫은 표정 한 번 지어 보인 적 없었던 이가 전용후였는데, 변해도 너무 변했다.

처음 원인 제공을 한 이가 그의 사부라 하나…… 화산을 쥐락펴락하며 자신들을 너무 옥죄였던 대장로 악기태를 견디지 못해 전용후를 부추겼던 건 장로인 자신들이 아니었던가.

이렇게 될 줄 알았으면, 그러지 않았을 것을.

늑대를 피하려다 더한 야수를 만난 격으로, 진짜 무서운 놈은 가짜 탈을 쓴 채 몸을 낮추고 있었고. 자신들은 이제야 그 사실을 알게 됐지만 이미 늦은 후.

“사부님의 병환이 조금 나아지시기만 해도, 여러 장로님들을 힘들게 하지 않고 제가 직접 나서서 추격대를 지휘했을 텐데 말입니다.”

전용후가 나직하게 중얼거리는 말이 언인영을 흠칫하게
했다.

멀쩡하다 못해 팔팔함이 지나쳐, 맹을 떠나 마차를 타
고 이곳까지 오는 동안에도 내내 소란을 피워 주위를 떠
들썩하게 했던 대장로가 아닌가.

그런 사부로 인해 전용후의 입장이 난처해지자마자, 대
장로는 곧 병환을 얻었다.

확인할 수는 없지만, 대장로를 가장 가까이서 모시고
있는 전용후가 그렇다고 하니 다들 믿는 수밖에.

아니라며 의혹을 품는 순간 전용후와 적이 돼야 할 텐
데, 현재 화산을 움직이는 실세인 그와 틀어지고 싶어 하
는 이는 아무도 없었으니까.

하나 너무 아무렇지도 않게 제 사부를 입에 담는 전용
후의 모습에서 소름이 끼치는 것까지는 어쩔 수 없는 노
릇.

거기에 더해 장로들을 뒤로 물리고, 전용후 저가 직접
나서야겠다는 이야기에 담긴 본뜻이 배려가 아니라 마지
막 경고임을 언인영은 확실히 느꼈다.

“대장로께선 금방 쾌차하실 테니 염려 말아라. 내 돌아
가선 추격대를 더욱 독려해 이번에는 꼭 그들을 따라잡겠
다.”

　제 의지와는 달리 미미하게 푸들거리는 볼 근육을 손끝
으로 누르며 언인영이 대답했다.

"그러시는 게 좋을 겁니다."

모두를 위해.

전용후의 목소리가 언인영의 귀속을 크게 울렸다.

"건방진 놈!"

전용후에게서 멀어지던 언인영이 더 이상 참지 못하고
거친 숨과 함께 씹어 뱉듯 중얼거렸다.

그리곤 저도 모르게 튀어나온 말에 저가 더 놀라 주위
를 살핀다.

다행히 들은 이가 없는 듯. 다들 제 할 일을 하느라 분
주했다.

움직이는 규모가 제법 큰 데다, 동행하고 있는 이들의
면면이 워낙 휘황찬란하지 않은가.

잠시 멈춰 섰을 때도 준비할 게 한, 두 가지가 아니었
다.

그것은 추격전을 벌이고 있는 상황이라고 해서 딱히 다
르지 않았으니.

"점창이 저리 늦장을 부리지만 않았어도 벌써 잡았을지
도 모르지."

처음 흔적을 발견했을 때, 눈썹 휘날리게 달려가 초린

대는 잡는 시늉만 하며 성도 서안 쪽으로 밀어 넣고 자신들은 화산의 반도에 집중해 그들을 포획했어야 했던 거다.

그런데 속도가 잘 나지 않았다.

점창은 이 정도면 최대한 빨리 이동하고 있는 거라 주장했지만, 언인영이 보기엔 굼벵이가 따로 없었다.

그러니 마음이 급해진 화산에서 선발대를 따로 조직해 주변을 훑으며 수색을 진행하고 있는 게 아니겠나.

"도움을 주러 온 건지, 방해를 하러 온 건지."

아니면 적당히 피해를 끼쳐 화산을 날름 집어삼킬 요량일지도. 점창 장문인 최석이라면 그러고도 남을 위인이었다.

언인영은 계속해서 투덜댄다. 진짜 그렇게 생각하기도 했지만.

저도 모르게 뱉어낸 말에서 이어지는 정적이 부담스러워 간극을 지우기 위해서기도 했다. 언인영은 그만큼 전용후가 두려웠다.

별말 아님에도, 들은 이가 없음에도 괜히 멋쩍어 하며 자꾸 위에 뭔가를 덮어야 속이 편해질 정도로.

"반도들을 쫓으러 가는 길이시오?"

그러니 갑자기 불쑥 나타나 말을 걸어 온 동료 장로 때문에 필요 이상으로 놀라 과한 반응을 보인 것도 이해 가능한 범주에 속한다.

“하아. 기척 좀 하고 다니시구려.”

“괜찮소이까? 안색이 좋지 않소이다.”

“매향각주를 보고 나오는 길이오.”

언인영은 길게 설명하지 않았다. 요즘 장로들 사이에선 그거로도 충분했으니까.

“고생했소이다, 언 장로가 매향각주를 좀 이해해 주시구려. 화산의 반도들이 자꾸만 추격대의 포위망을 벗어나니 이러다 저들이 본산에 발을 들이는 건 아닌가 걱정해 더 날이 선 것 같소이다.”

한숨과 섞여 흘러나온 고창선의 이야기에 언인영이 가볍게 혀를 찼다.

그라고 해서 전용후가 마음에 들어 편을 들까 싶은 거다.

이미 전용후에게 줄을 선 상태니, 그가 무너지면 자신 또한 발 딛을 곳이 사라지기 때문에 어쩔 수 없는 거겠지.

대장로 악기태의 성격상 한 번 배신한 이를 다시 받아줄 리 만무하고 설혹 그렇다 하더라도 절대 뒤끝이 좋을 위인이 아니니 선택을 뒤집을 다른 방법이 없었다.

동병상련을 느낀 언인영이 푸념을 뱉어냈다.

“나도 아오. 다만, 아무리 그가 장문인의 위에 오른다 해도 우리가 사문의 존장으로 그를 끌어주는 사람들이란 걸 잊어선 안 된다는 거요.”

“그야 그렇소이다.”

고창선이 고개를 끄덕였다. 하지만 바로 이어지는 목소리.

“그래도 상황이 상황이지 않소이까. 화산의 장로인 우리가 매향각주의 힘이 되어 주지 않으면 누가 그를 도와줄 수 있겠소.”

전용후가 점창을 끌어들인데 이어, 화산 본산 인근에 관에서 나온 무인들이 얼쩡거리고 있단 소식에 본산이 뒤숭숭했다.

소운찬과 정한수가 처음 화산에서 도망쳤을 때 그들을 쫓으러 나왔던 제자들 중 그들에게 현혹됐던 몇몇 이들이 기회라도 잡은 듯 다른 제자들을 선동하고 있다는 정보도 입수됐고.

일리가 있는 데다, 고창선은 끝까지 전용후에 대해선 한마디도 나쁘게 하지 않았기에 언인영은 아차, 했다.

기분 맞춰주는 척 한 말 몇 마디에 넘어가 저만 속을 털어 보인 꼴이 되지 않았나.

동문이자 동기임에도 서로를 재고 헤집어 약점을 틀어쥐려는 게 요즘의 화산이다.

잠시라도 방심했다간 언제 날카로운 이에 암습당할지 몰랐다.

이게 자신들이 원했던 건가?

선대 장문인으로부터 현재는 반도로 축출된 소운찬에게
로 이어진 화산의 온유하면서도 부드러운 기조를 힘없고
나약하다 비난한 뒤 얻은 건…… 우습게도, 강함이 아닌
긴장감이었다.

타 문파를 적대하고, 자파의 동문을 경계하고 인재를
견제하니 마음은 중심을 잃고 헤맨다.

결국 하나로 뭉친 게 아니라 제각각 흩어져 고립됐다.

그래, 지금처럼.

"나는 이만 가보겠소이다."

언인영은 더 이상 고창선과 이야기를 나누고 싶지 않았
는지 서둘러 인사를 하고 몸을 돌렸다.

고창선은 멀어지는 그의 뒷모습을 물끄러미 바라보다,
언인영이 걸어 나왔던 길을 되짚어 제 발자국을 찍었다.

"고 장로님, 오셨습니까?"

짧은 휴식 시간이었기에 간단하게 친 차양(遮陽) 아래
앉아 있던 전용후가 그를 맞이했다.

"언 장로가 좋지 않은 얼굴로 나오던데, 괜찮은 겐가?"

자연스레 입을 열며 그늘 아래로 걸어들어 간 고창선의
머리 위로 검고 투명한 막이 한 겹 덧씌워졌다.

"처음 예상과는 달리 무림맹을 떠난 반도들과 반도들을
돕는 무리의 수가 기가 막힐 정도로 적지 않았습니까?"

"그랬지."

아무리 진유청의 무공 실력이 알려진 만큼 대단하다 하더라도, 자신들을 상대로 너무 무모했다는 평이 대세였다. 아마 천둥벌거숭이처럼 위아래 구분 안 하고 날뛰던 놈의 성격으로 예측컨대 그러겠다고 고집을 부렸을 거란 추측까지 덧붙여서.

놈의 말이라면 뭐든 들어주는 동심회주와 진이현은 이번에도 어쩔 수 없이 넘어가 주었을 테지?

안 된 일이다.

훈육이 잘못되면 아이를 어떻게 망치는지 똑똑히 보여주는 사례라고나 할까.

망가지라 일부러 정한수의 온갖 어리광을 다 받아주었던 전용후 자신과는 상황이 달랐으니 말이다.

혼내다 몽둥이로 때렸으면 마음은 아파도 평생 옆에 두고 자라는 걸 볼 수는 있었을 것을. 결국 그토록 애지중지하던 아이가 외지에서 칼 맞고 죽게 생기지 않았나.

물론, 맹에 남은 이들이 먼저 일을 벌인다면 운 좋게 나쁜 소식은 듣지 않고 갈 수도 있겠군 싶지만.

고창선의 맞장구를 한 귀로 흘리며 전용후가 입을 열었다.

그렇게 잘못 훈육받은 아이들이 다행히 죽지 않고 자라 나이를 먹은 뒤 높은 자리에 오르면 이런 어른이 되지 않을까 생각하면서.

"한데도, 번번이 반도들을 놓치고 있는 상황이 당신 능력의 부족함 때문이 아니라 추격대의 인원이 모자라 그런 거고, 본진이 점창의 방해로 속도를 내지 못해 그런 거란 이야기를 하기 위해 이 급박한 시기에 여기까지 직접 걸음을 하신 언 장로님을 보니 도저히 아무렇지도 않다는 얼굴을 할 수가 없었습니다."

바로, 언인영처럼 쓸모없는.

"이해하네. 부처가 아님에야 어찌 그런 상황에서도 평온할 수가 있을까?"

물론, 말만 그런 거다.

차마 부처도 웃을 수 없는 상황이 닥치더라도, 필요하다면 웃어 보일 수 있는 게 바로 자신들이니까.

그러니 전용후가 언인영에게 차갑게 대했다면, 그렇게밖에 할 수 없어서가 아니라 그렇게 대하는 게 맞았기 때문이었겠지.

아마도 압박감을 심어주기 위해서, 일부러 더.

"그래도 마음이 영 편치 않습니다. 언 장로님의 성품이 심약한 것도 걱정이 되고. 고장로님께서 뒤를 따라가셔서 문제가 일어났을 때 조용히 도움을 주시는 건 어떻겠습니까?"

권유의 형식을 띤 명령이란 걸 고창선은 즉시 알아챘다.

"알았네. 그럼 언 장로가 지원해 달라 요청한 인원은 나와 함께 떠나게 되는 겐가?"

고창선도 빈손으로 일을 떠맡을 순 없지 않나.

새로운 화산에서 제 자릴 다지는 데에 도움이 될 만한 공을 세울 기회였으니 말이다.

사실 한 문파의 장로쯤 되면 누릴 수 있는 권한이 셀 수 없이 많아 웬만큼 입지를 굳혔다 할 수 있었지만, 반대로 더 높은 곳을 향해 꿈꿀 수 있는 자유는 줄어들었다.

장로보다 높은 지위가 한 문파에 몇 개나 있겠나? 거의 없다.

장로들은 저가 오를 수 있는 최고의 위치에 닿았음을 스스로도 느낄 수 있게 됐다.

고창선도 예전엔 그랬다.

그러다 여러 가지 일이 터지고. 고창선은 제 앞에 올라설 수 있는 계단이 하나 새로 생겼음을 본다.

제 사부와 완전히 틀어진 전용후가 장문인이 되면 대장로 악기태는 자연스레 내쳐질 테니……. 새로운 대장로를 뽑아야 할 게 아닌가.

처음부터 제 것이 아니었던 장문인 자리와는 달리, 노력하면 얻을 수 있을 것 같은 위치.

그는 새로이 시작하는 화산에서 잠시 멈춰두었던 야망을 실현시키고 싶었다.

전용후는 그의 속내를 알면서도 묵인한다.

자리가 사람을 만든다 했나?

전용후가 보기에 그건 틀린 말이었다. 아무리 높은 직책이라 해도 유명무실하다면, 어찌 남이 휘둘러 줄까. 내가 변화할 가치를 만들어 줄까.

사람이 자리를 만들고, 사람이 힘을 부여한다. 사람이, 스스로 변한다.

전용후 자신이 그런 것처럼.

그러니 고창선이 다른 장로들을 제치고 대장로의 자리에 맞게 저를 맞출 능력이 된다면 그리하면 될 일.

전용후는 그 둘만 아니면 됐다. 사부와 사제, 그 두 사람만 아니라면 누구라도!

"그렇게 조치하도록 하겠습니다. 다만 명심하실 것은, 연이상단주의 능력이 우리의 예상을 상회해 섬서 전체를 아우르고 있으니 반도들만이 아니라 주위를 살피는 것도 게을리 해서는 안 된다는 겁니다."

속속 도착한 정보들이 점창 장문인인 최석이 했던 말에 무게를 더했다.

비밀리에 맺은 동맹이라 하나, 호시탐탐 서로의 빈틈을 노리고 있는 처지.

연이상단과 인의회는 한 길을 걸으면서도 계속 다른 곳을 보고 있는 상황이었다.

한데 섬서에서의 공조에서 연이상단이 인의회의 예상을 완전히 뛰어넘는 능력을 발휘하지 않았나. 당연히 꺼림칙할 수밖에.

그렇다고 무림맹의 중도파와 이가연합을 부추겨 판을 다 짜놓은 상태에서 발을 뺄 수도 없는 노릇이었고.

그나마 연이상단주 또한 인의회와 함께 뒤엉켜 있으니 같이 추락하고 싶지 않으면 알아서 상황을 잘 조절할 거라 생각하고 맹을 떠나 이곳으로 온 참인데…….

자꾸만 심장이 두근거렸다.

마치, 곧 폭풍이 불어닥칠 것 같지 않은가?

점창 장문인인 최석의 걸음이 자꾸만 늦춰지는 원인이자, 화산의 실세인 매향각주 전용후의 심기가 갈수록 편치 않아지는 이유.

"나는 가서 준비하고 있겠네."

원하는 답을 들은 고창선이 자리를 뜨려 몸을 움직이는데.

"섬서에 들어가기 전, 꼭 잡으셔야 합니다. 죽이셔도…… 좋습니다."

굳이 누구라고 지적하지 않아도 고창선은 단번에 알아들었다.

"최선을 다하지."

몸의 반은 그늘 아래 서 있고, 나머지 반은 햇볕 아래

노출돼 있던 고창선이 전용후에게로 시선을 돌린 뒤 대답했다.

거무스름하게 빛을 잃은 고창선의 얼굴이 전용후와 마주한다.

전용후는 잘 부탁한다는 듯이 작게 머리를 숙여 보였고. 고창선은 가볍게 고갯짓을 한 다음 어둠을 빠져나갔다.

멀어지는 그의 뒷모습을 응시한 채로 전용후는 생각했다.

자신의 마음속의 지옥은 대체 누가 만든 것일까, 하고.

"손 위사님 얼굴이 부쩍 우울해 보이지 않으십니까?"

"잘 모르겠습니다만⋯⋯."

"사과란 건 원래 시간이 지나면 지날수록 더 하기 힘들어지는 겁니다."

문어처럼 달라붙어 윤수일을 칭칭 휘감고 있는 진유청이 쉬지 않고 입을 놀렸다.

"저건 거의 세뇌 수준인데."

왠지 더 어색해져서 오히려 사과를 못할 것 같은 상황이 벌어지자 정한수가 혼잣말을 한다.

"야! 유청이 저 자식 좀 말리지 그러냐?"

보다 못한 정한수가 나채환을 종용하지만 녀석은 귀찮

다는 듯이 고개를 가로저을 뿐.

"그렇게 귀찮은데 숨은 어떻게 쉬고 사냐? 밥은 왜 먹고?"

"숨은 안 쉬면 죽으니까 쉬는 거고, 밥은 배고프면 죽으니까 먹는다. 왜?"

천연덕스럽게 대꾸하는 나채환이 얄미워 정한수가 주먹을 불끈 말아 쥐었다가…… 참았다.

이제 싸움질을 하거나 왁자지껄 어울려 농을 주고받는 것 모두, 자신들만의 일이 아니란 걸 알게 됐으니까.

나이가 들고, 따르는 이들이 생기니 자신들의 행동 하나하나에 더 큰 의미가 부여된다.

부담스러운 것도 사실이지만, 사람이 어찌 저 편한 대로만 살 수 있을까.

게다가 인생의 지침으로, 따르고 싶은 사람으로 자신을 선택해 준 고마운 이들이 아닌가.

자신이 책임져야 할 부분이고, 마땅히 신경 써야 옳으리.

자신들에겐 친근함의 표현이자 자연스러운 부대낌이라 할 수 있었던 드잡이질이 일행에게 미치는 영향이 아주 컸음을 깨달은 한수가 내린 결론이었다.

하나 그렇다고 해서 그냥 넘어갈 순 없지.

"그래도 죽는 건 싫으냐?"

정한수가 핀잔을 줬다.

말이 주먹보다 가벼워서가 아니라, 현 상황에선 말이 더 빠르고 조용히 마무리 지을 수 있는 방법이기 때문. 그런데.

"응."

나채환이 진지하게, 진심을 담아 대답했다. 그는 정말로 죽고 싶지 않은 듯했다.

정한수의 눈이 커졌다가 이내 환한 빛을 뿜어낸다. 좀 전의 대화는 다 잊어버릴 만큼, 진짜 기쁜 모양.

"그래, 오래 오래 살아라, 이 자식아. 유청이랑 이 벽에 칠한 게 니 똥이냐 내 똥이냐 할 때까지, 살아."

채환이 녀석이 삶을 바라는 이유는 아마 다른 이들과 조금은 다를지도 모르겠지만…… 아무렴 어떤가.

저렇게 명확하게, 죽는 게 싫다는데. 살고 싶다고 하는데.

무미건조했던 눈동자에 생기가 가득 깃든 이유가 있었던 거다.

피식 피식 웃은 정한수가 나채환의 옆구리를 쿡 찌른다.

그리곤 분명 여자가 생겼다는 가정하에, 어떻게 만났는지 어떤 아가씨인지 나이가 몇 살인지에 대한 모든 궁금증에 우선한 질문을 했다.

"예쁘냐?"

나채환 이 목석같은 녀석이 뭐라 대답할지 기대감을 갖고 있던 정한수에게 되돌아온 대답은.

"안 예뻐."

연애를 해도 이 삭막한 녀석한텐 모래바람이 까슬하게 부는구나 싶어 얼굴도 이름도 모를 그 아가씨가 불쌍해진다.

"짜식. 그럴 땐 안 예뻐도 예쁘다고 하는 거다. 세상에서 제일 예쁘다고 말이야."

한때 무림학관에서 날리던 정한수 자신의 말이니 믿어서 손해 볼 거 없지, 암.

"진짜 안 예쁜데."

물론 상대가 절대 믿어주지 않겠다고 우긴다면 할 수 없겠지마는.

"아, 답답해. 대체 너 같은 놈 뭘 보고 반해서 그……."

아가씨는, 이란 말은 끝까지 이어지지 않았다. 또 말을 툭 잘라 버리는 나채환.

"안 반했는데?"

정한수가 눈을 깜빡거리며 고갤 갸웃거리다가 입을 쩍 벌렸다.

짜, 짝사랑인 건가?

이쁘지도 않고, 저한테 반하지도 않은 아가씨가 좋다는 거냐? 그것도 절대 죽지 않아야 할 삶의 이유가 될 만큼?

갑자기 울화가 치미는 게. 속이 상했다.

내 친구, 그렇게 쉬운 놈 아닙니다!

정한수가 정체불명의 아가씨에게 적의를 불태우다 눈살을 찌푸리며 나채환의 소맷자락을 잡아당겼다.

"내가 다른 사람 소개해 주마. 뭐하나 빠지지 않는 그런 사람, 예쁘고 널 좋아해 줄 그런 사람으로."

"됐다."

나채환이 두 번 생각할 것도 없다는 듯이 단번에 거절하자 정한수가 눈살을 찌푸렸다.

"그 아가씨가 그렇게 좋냐?"

"아가씨 아닌데?"

"그럼 유부녀를……?"

"아니."

"그, 그럼……?"

정한수의 머릿속이 혼란스러워졌다.

"쯧, 쯧."

대체 니 머릿속엔 뭐가 들었냐는 듯이 나채환이 혀를 차더니만 정한수의 어깨를 툭툭 쳐주고 먼저 가 버렸다.

그러니 정한수로선 더 어이가 없을 수밖에!

"손 위사님이 사과를 기다리고 있을 거라니까요?"

여전히 윤수일을 괴롭히고 있는 유청이 옆으로 간 정한수가 녀석의 뒷목을 잡아 죽 당겼다.

"야, 야!"

진유청이 뒤로 딸려 나오며 인상을 잔뜩 구겼다.

"나 진지하게 뭐 좀 물어보자."

"뭔데?"

분위기가 심상치 않자 일단 한 번 참은 진유청이 대답했다.

"채환이 저 녀석. 북경에서 어떻게 살고 있는 거냐?"

"뭘 어떻게 살아. 잘살고 있지."

험한 길만 골라가는 한수, 네 녀석에 비하면…… 형부 상서 어르신을 아버지처럼 따르고 용 새끼의 아낌없는 총애를 받으며 승승장구 중인 채환이가…… 뭐가 어떻다고?

별 시답지 않은 걸 다 묻는다는 투로 진유청이 검지로 귓구멍을 후빈 뒤 입김을 후, 불었다.

"장난 아니고! 채환이가 이상하다니까?"

"솔직히 니가 더 이상해!"

쟤는 성질이 더러워서 그렇지, 지극히 정상적이라니까?

정한수를 밀어낸 유청이 다시금 윤수일에게 달라붙으려 할 때.

"저, 괜찮습니다. 진짜입니다!"

윤수일이 너무 안쓰러웠던 손정우가 나서서 그를 가로

막는다.

"에이, 아닌 거 같은데요?"

유청이 손사래를 치자 손정우가 윤수일을 바라봤다. 잠시 망설이던 윤수일이 결심을 했는지 그를 직시했다.

"제가 심했습니다."

"전 아무렇지도 않습니다."

정중히 머리를 숙이는 윤수일을 얼른 제지한 손정우가 친근함의 표시로 그의 등을 팡팡 내려쳤지만…….

아무렇지 않은 거 치곤 손에 힘이 너무 들어간 듯. 이 대로면 앞으로 고꾸라질 거 같았다.

"그러다 피 토하시겠습니다. 저도 그만할 테니, 손 위 사님도 그 손 좀……."

유청이 손정우의 잔뜩 치켜 올라간 오른손을 가리켰다.

"하하하! 조, 좀 셌습니까?"

손정우가 어색하게 웃으며 손을 내리자 차마 표현은 못 했던 윤수일이 작게 기침을 뱉어내며 다행이라 생각한다.

"그럼 두 분 화해하신 겁니다?"

"네. 모두 진 공자님 덕분입니다."

어색하게 입꼬리를 말아 올린 손정우가 유청에게 엄지를 치켜 올리더니만 얼른 윤수일을 끌고 저 멀리 사라졌다.

"아쉽네, 그거."

뭐가?

멀어지는 두 사람을 보며 중얼거리는 유청의 혼잣말에 정한수가 속으로만 물었다.

입 밖으로 내는 순간, 몰라도 될 걸 알게 될 것 같았으니까.

"그래서 채환이가 뭐?"

유청이 한수를 돌아봤다.

쿡쿡 찔러보는 게 재미있는 윤수일을 손정우에게 뺏기고 나니, 아무래도 많이 '아쉬운' 모양.

이건 정말 박빙(薄氷)이 아닌가!

좀 이상한 녀석과 많이 이상한 녀석 사이의 승부!

그러므로 정한수는 고개를 설레설레 저었다. 괜히 끼어들었다가 한 묶음 취급받을 마음은 추호도 없었으니까.

"아무것도 아냐. 얼른 가기나 하자."

쩝쩝거리며 미심쩍은 시선을 보내는 유청이 녀석을 봐라.

흉포한 짐승에겐 먹이를 주지 말라든가?

지금이 딱! 그 짝인 거 같았다. 게다가.

"으응?"

갑자기 걸음을 멈춘 채 입술을 질끈 깨무는 유청을 보니 그럴 때도 아닌 듯했고.

"뭘까?"

한수가 다리에 힘을 주며 유청에게 말하지만.

"아니."

스릉!

유청이 대답하기 무섭게 여기저기서 검을 뽑아 드는 소리가 들렸다. 이번엔 뛰는 걸로 피해갈 수 없는 상황이란 얘기를 즉시 알아들은 거다.

"섬서로 들어가기 전에 어떻게든 우리 발목을 잡아야겠다 이거지?"

아니면, 유청 자신의 무공을 시험해 보고 싶기라도 한 건가?

겨우 요만한 인원을 잡는데 저 정도 규모의 추격대를 쏟아붓다니 말이다.

"그렇게 보고 싶다면, 보여주지, 뭐."

어차피 믿는 바가 없다면, 자신 또한 어찌 여기까지 왔겠나. 그것도 비록 수가 적긴 하나 그런 걸로 셈을 따질 수 없는 소중한 이들을 줄줄이 달고서 말이다.

이번엔 정말 작정을 했는지, 소규모로 흩어져 사방을 수색하며 유기적인 움직임으로 자신들을 옥죄는 추격대의 기운이 느껴진다.

삐이이익!

긴 호각 소리가 희미한 잔상을 남기며 허공을 맴돌다 사그라지고.

진유청의 한쪽 입꼬리가 삐죽 솟구쳤다.

"드디어 잡았다!"

언인영이 눈을 번뜩였다.

시간상 반도들이 섬서로 넘어가기 전, 자신에게 남은 마지막 기회였으니 이 얼마나 다행이란 말인가.

"몰이하는 동안 계속 호각을 불어 반도들이 도주하는 위치를 다른 동료들에게 알려주며 이동하라!"

그의 목소리가 쩌렁쩌렁 울려 퍼진다.

삐익, 삐이이익!

호각 소리와 함께 길 위를 휘도는 바람이 어지러이 흔들렸다. 이제 곧 언인영이 그토록 잡기 위해 노력했던 반도들의 꼬리가 보일 테지?

잔뜩 기대한 채 기운을 끌어 올려 발걸음에 힘을 주던 언인영은 갑자기 제 발목을 잡는 화산검수들로 인해 동작을 멈춰야 했다.

"뭐냐?"

"저 앞에……."

화산검수 중 하나가 정면을 가리켰다.

언인영이 그가 가리킨 곳으로 시선을 주니, 이런.

"반가워요!"

눈에 익은 얼굴 하나가 활짝 웃으며 손을 흔들고 있었

다. 아마, 저놈은 동심회주의 막내아들이라는 개망나니 녀석이겠지?

저놈에 관해서는 도저히 믿을 수 없는 여러 가지 소문이 떠돌고 있었지만, 글쎄…… 이런 상황에서 저런 짓을 하는 놈이니 오죽하랴. 한 가지도 제대로 된 건 없으리.

언인영이 입가를 비틀며 조소 어린 표정을 짓는데.

"어어?"

누군가의 입에서 먼저 튀어나온 건지 알 수 없는 경악성이 화산검수들 사이에서 튀어나왔다.

물론, 언인영 또한 썩은 사과를 한 입 베어 문 것 같은 얼굴로 완전히 굳어 버린 상태.

쉬이이익!

진유청의 손에 들려 있던 검에서 뿜어져 나온 기운이 소용돌이치며 줄기줄기 사방으로 뻗어 나갔기 때문.

"표정들이 왜 그러세요? 꼭 보면 안 될 거 본 사람들처럼."

진유청은 생긋 웃었고.

"쳐라!"

겨우 정신을 차린 언인영은 최악의 선택을 했다.

第五章

또 하나의 선택!

퍼억!

하늘 위로 치솟은 유청의 발길질에 턱을 강타당한 화산검수 중 한 명이 몸이 부웅 뜬 채 뒤로 날아간다.

저 날다람쥐 같은 놈!

어찌나 몸놀림이 날래고 영악한지, 놈의 근처로 다가간 화산검수들은 하나의 예외도 없이 검 한 번 제대로 휘두르지 못하고 바닥으로 나동그라졌다.

"그놈 말고 다른 사람들을 공격해!"

진유청에게 다가가기만 하면 퍽퍽 소리와 함께 나동그라지는 화산검수들을 보다 못한 언인영이 외쳤다.

화산검수들의 검이 진유청에게서 초린대와 동문이지만

소운찬의 편에 선 죄로 반도가 된 제자들에게로 돌려졌다.

한데.

"어디들 가시나? 저랑 아직 볼 일 다 안 끝나셨거든 요?"

발끝으로 바닥을 찍어 몸을 허공으로 띄운 진유청이 화산검수들 앞으로 제 몸뚱이를 갖다댔다.

"으아악!"

잘 달련된 화산검수들이지만, 갑자기 하늘에서 뚝 떨어진 커다란 돌덩이엔 꽤나 놀랐다.

더더군다나 그 돌덩이가 히죽 웃으며 손발을 내질러 자기들의 검을 튕겨냄에야 배길 도리가 없다.

게다가 가장 큰 문제는 아직 놈은 손에 들고 있는 검을 제대로 한 번 휘두르지도 않았는데 이런 사태가 벌어지고 있다는 것!

눈앞의 것도 쳐내지 못하고 있는 상황에 그 뒤엔 더 큰 게 기다리고 있다니. 주눅이 들고 가슴이 콱 막혔다.

"뭐? 상식적으로 생각해 보라고?"

언인영이 뜨거운 콧바람을 씩씩 뿜어낸다.

진유청에 관한 소문이 사실이라 해도, 수적으로 이 정도 차이가 있으면 옴짝달싹하기 어려울 거라 했었다.

누가?

장로단의 다른 장로들과 전용후가 말이다!

아무리 한 놈이 특출하게 강해도 그건 혼자일 때 이야기. 지켜야 할 이가 있고 적들의 수자가 몇 배를 상회한다면, 제 실력을 발휘할 수 없다는 게 정설이긴 했다.

문제는, 오늘 언인영과 마주한 상대가 절대 상식이 통할 만한 놈이 아니라는 것.

그러니 아무리 자신들의 잣대를 갖다대 봤자 무슨 소용 있겠나. 놈의 잣대는 통속적인 세상의 것이 아님이 분명한데.

가볍게 산책이라도 나온 것처럼 평온한 얼굴로 화산검수들을 때려잡는 놈의 모습은 솔직히 무서웠다.

날카로운 송곳니를 드러낸 야수 앞에서 위압감에 짓눌려 심장이 쪼그라드는 그런 게 아니라, 본능적으로 느껴지는 찝찝함과 꺼림칙함에 자꾸만 등골이 오싹오싹해지는 거.

딱, 그런 느낌.

한낱 어린 청년, 그것도 맹 내에서 다들 손가락질하던 그런 놈에게 이런 꼴을 당하고 있다는 게 언인영으로선 참기 어려웠다.

하도 요리조리 잘 빠져나가니 약이 올라 추격대를 소규모로 나눠 사방에 흩뿌린 다음 호각으로 연락을 주고받으며 몰이를 하게 한 뒤에야 겨우 반도들을 따라잡을 수 있었다.

언인영은 저들에게 도망치는 재주 외엔 없을 거라 믿었
다.

흩어진 점들이 한 덩어리가 돼 한꺼번에 덮치기만 하면
그냥 간단하게 정리될 거라 여긴 것이다.

하나 전혀, 그렇지 않았다.

오히려 방금 전 진유청 저놈과 마주친 순간부터가, 언
인영의 인생에 닥친 가장 큰 시련의 시작이라 할 수 있었
으니.

"대체 내가 왜……!"

언인영은 자신이 살아온 시간이 적지는 않다고 생각해
왔다.

그러니 대장로 악기태가 저가 가진 것에 만족하고 장문
인에게 누명을 뒤집어씌우지만 않았다면, 언인영 자신의
남은 삶 중 겪어야 했을 고난 또한 이렇게 많지는 않지 않
았을까?

결국 모든 게 스스로 한 선택이긴 했으나 누군가에게
원망을 돌려 자신의 짐을 덜고 싶은 건 약한 자의 본능.

하나 이 모든 게 대장로로부터 시작돼 그의 제자인 전
용후에게로 이어졌다는 건 부정할 수 없는 사실 아닌가?

그로 인한 변화가 화산을 들쑤시고, 한계가 명확한 장
로직이란 위치에서 누릴 수 있는 권리를 만끽하며 고사되
던 이들의 코끝으로 신선한 공기가 스치고 지나갔다.

고창선처럼 깊이 묻어두었던 의욕을 다시 한 번 불태워 보려는 장로들도 있었지만, 어쩔 수 없이 흐름에 동참하면서도 새로운 기류에 적응하지 못하는 이들 또한 존재했다.

언인영은 굳이 따지자면 후자였고, 더 깊이 살펴보면 그중에서도 방관자로서의 자신을 고수하는 이였다.

자신이 피해만 입지 않는다면, 어찌 되도 좋다는 부류랄까.

한데 자신에게 직격타가 오게 생겼으니 이 일을 어찌한다?

"큰일이군, 실패하여 빈손으로 돌아갔다간 매향각주가 가만있지 않을 텐데."

언인영이 장로들 중 크게 모자라는 이는 아니었다. 그렇다면 애초에 전용후가 이런 중요한 임무를 맡기지도 않았을 테니까.

다만…… 그는 너무 가벼웠을 뿐이다.

깃털처럼, 혹은 그 이상으로.

그가 지켜야 할 것은 신념이 아니라, 그때 그때 우세했던 힘과 제 이익이었고. 임무에 대한 책임감보다는 실패했을 때 받을 벌에 대한 부담감이 훨씬 컸으니 상황이 불리해지자 겁부터 덜컥 났다.

그렇게 책임자가 중심을 잡지 못하고 우왕좌왕하니 자

연 추격대 전체에 영향을 미쳤다.

진유청 일행에겐 아주 다행인 일.

아무리 기세를 잘 탔다곤 해도, 저만한 인원이 부담이 되지 않을 리가 있나.

저들이 지레 겁먹고 움찔거려 주니, 더 아무렇지 않은 척하고 있을 뿐.

검을 휘두르며 저를 향해 달려오는 화산검수의 팔을 튕겨낸 유청이 그의 가슴팍으로 머릴 들이밀며 허리를 깊숙이 숙였다.

"어어?"

당황한 화산검수의 입에서 신음성이 터져 나올 때, 유청이 굽혔던 허리를 번쩍 세웠다.

쿠웅!

유청의 머리 위에 상체가 비스듬히 걸쳐져 있던 화산검수의 몸이 자연히 녀석의 등 뒤로 발랑 넘어가 바닥에 꽂혔다.

저를 공격했던 화산검수가 눈을 까뒤집고 기절하자 유청은 그에게서 관심을 끊고 주변을 휘휘 둘러봤다.

얼른 손 털고 튀어야 하는데, 흐름을 끊고 물러날 적절한 순간을 만들기 위해선 어떻게 하는 게 좋을까?

이렇게 접전을 벌이다 한쪽이, 그것도 수가 적은 쪽이 어설프게 뒤로 빠져 도망치려 들었다간 간신히 유지되던 전선이 무너지며 적들이 해일처럼 덮쳐 올 게 분명했으니.

고민하던 유청의 눈에, 딱딱하게 굳어 있는 한수의 얼굴이 보였다. 각자의 입장이 달라 적이 됐다곤 하나 어쨌건 동문과 검을 겨루고 있으니 편할 수야 없겠지만…….

단순히 그런 이유는 아닌 듯했던 것이다.

유청이 슬금슬금 녀석의 곁으로 다가간다.

녀석과 검을 맞대고 있는 이는 화산검수로, 그중 나이가 제일 많아 보이는 사내였다.

"매향각주께서 사제인 너를 얼마나 아껴주었느냐. 벌써 잊은 게냐? 한수 네가 어찌 네 대사형에게 칼을 들이밀 수가 있어!"

유청의 쫑긋거린 귀로 사내의 목소리가 파고들었다.

사내는 검 대신 세 치 혀로 한수를 공격하고 있는 거다. 눈을 가늘게 뜬 유청이 울컥해 나서려는 순간.

"그럼 제가 잘못한 겁니까? 한 문파의 장문인께서 누명을 쓰고 돌아가시게 생겼는데 사부님과 대사형께서 주도하신 일이니 모르는 척 눈을 감았어야 했습니까?"

한수가 정색을 하며 되묻자 사내의 낯빛이 붉어졌다.

정한수의 말이 맞다 하더라도 그렇게 저를 아끼고 저가 따르던 전용후의 이름을 앞세웠는데도 불구하고 저리 나올 줄은 몰랐기 때문이다.

"됐다. 더는, 이야기 나눌 필요가 없겠구나."

사내가 몸을 부들부들 떨더니 입을 꾹 다물고 검을 쥔 손에 힘을 준다.

유청은 말보단 검이 낫겠다고 생각했기에 차라리 잘됐다 여겼다.

저 두 사람이 서로 불편하게 얼굴을 맞대고 있는 시간을 훨씬 단축시켜 줄 테니까.

한수는, 그만큼 강했다.

카앙!

저를 향해 짓쳐 든 검을 쳐낸 한수가 사내의 어깨에 작은 매화 한 송이를 그린다.

은은히 피어오른 꽃향기가 바람을 타고 퍼져 나갔다.

저것이 앞으로 화산을 대표하는 검이 될 것이다.

화산을 화산으로 있게 할, 화산의 검.

그러기 위해선, 일단 눈앞의 것부터 잘 처리해야지.

유청이 추격대가 달려온 뒤편을 한 번 힐끔거렸다.

녀석은 더 이상 시간을 끌어선 안 된다 여겼는지 이내 결정을 내리곤, 호흡을 크게 들이마신 후.

손에 들고 있는 검에 저를 휘도는 모든 바람을 불어넣었다.

그리고.

콰앙, 쾅!

벼락처럼 내리꽂힌 커다란 힘이 사방을 뒤흔들었다.

"허, 허……."

허탈한 웃음소리가 정적 속에 내리깔렸다.

도주하는 이들을 잡을 정신이 있는 추격대는 아무도 없었다.

아니, 저들이 정말 도망치고 있는 거고, 자신들이 저들을 잡는 입장이 맞긴 한 건가?

언인영은 길 한복판을 세로로 가른 검흔(劍痕)을 물끄러미 내려다봤다.

길이만 해도 삼 장 이상은 족히 될 것 같았고 깊이는…… 직접 재볼 엄두는 나지 않았지만 대략 눈짐작만으로도 상당히 깊어 보였다.

게다가 가장 놀라운 건, 그 혼전 중에 사람들에게 여파가 미치지 않을 순간을 정확하게 짚어 검을 내리그었다는 것.

갑자기 번개라도 내리꽂힌 건가 하여 추격대의 눈이 주위를 훑는 그 짧은 순간을 놓치지 않고 녀석은 제 일행을 데리고 사라져 버렸다.

열여덟이랬나?

오냐오냐 다 받아주어 천지분간 못하고 똥오줌 못 가리는 개망나니라고.

"설마…… 그럴 리가 있나."

언인영이 혀를 내둘렀다.

들었던 거나 그동안 놈이 보여왔던 것과는 너무 다른 모습. 자신들은 지금껏 무얼 봤던 건가?

언인영은 동문인 탁경환을 필두로, 점창의 가경학과 그 외 인의회의 몇몇 장로들이 진유청과 마주치기만 하면 식음을 전폐하고 드러누운 까닭이 의아했다.

이 정도 '차이'라면, 크게 억울하고 분할 것도 없을 거 같은데.

점점 타들어 가다 이제 심지만 남아 매캐한 연기를 피워 올리는 다된 양초로, 형형한 빛을 뿜어내는 어린 청년이 질투 나고 미울 수야 있겠지만…….

그들은 정도가 심했다. 병적이었던 거다.

옆에서 지켜보고 있으면 소름이 돋을 만큼.

"뭐, 어쨌거나 다행이군. 매향각주에게 할 말이 생겼으니."

판단 착오를 이렇게 크게 했다면 그도 언인영 자신에게만 책임을 물어 추궁을 하긴 어려울 터.

언인영은 저가 진유청에게 가진 사감이 크지 않은 것은 그만큼 쉽게 임무를 포기한 채 변명거리부터 찾았으며, 이 일에 집중하지 않았기 때문이란 거엔 미처 생각이 미치지 않았다.

하나 그것과는 별개로, 장로직에 오른 그의 실력만큼은

가짜가 아니었으니.

"이건 또 뭐지?"

언인영이 미간에 깊은 주름을 잡으며 고개를 뒤로 돌렸다. 흔들리는 파동 사이로 자신들을 감시하는 시선이 느껴졌다.

그러고 보니, 언젠가부터 등 뒤가 묵직했던 게 떠올랐다. 하나 명확히 인식할 만큼은 아니었는데…… 아마도 예기치 못한 상황에 흔들려 저도 모르게 강한 기운을 뿜어낸 모양.

"누구지……."

작은 인원으로 바삐 움직이고 있는 반도들이 도주하는 와중에 추격대 뒤에 사람을 붙여 동향을 살필 리는 없고.

인의회 본진이 추격대 뒤로 바짝 따라붙고 있으니 타 문파의 세력이 끼어들 틈이 있는 것도 아니었다.

그렇다면, 결론은 하나.

"매향각주가 날 버린 건가?"

언인영이 입술을 질끈 깨물며 중얼거렸다.

아무리 화산의 실세라 해도 아직은 매향각주의 자리에 있는 전용후이니 선발로 내세운 언인영을 단번에 잘라내는 모습을 보이고 싶진 않았으리.

그러니 언인영 자신이 지원을 요청했던 걸 핑계 삼아 사람을 보냈다가 추격대가 위기에 처한 순간 나타나 도움을 주고 자연스레 지휘권을 이양할 속셈인 것이다.

아직 일어나지도 않은 실수를 대비해 사람을 보냈다는 건, 앞으로 세워질 전용후의 화산엔 언인영의 자리가 없다는 뜻이 아닌가.

언인영은 장로급 이상이 되길 바라진 않았지만, 장로급에서 밀려날 생각은 추호도 없었다.

이제 언인영은 좀 더 나은 걸 누리기 위해서가 아니라, 장로로서의 생존을 위해 싸워야 할 처지가 됐다.

복잡한 머릿속을 정리하는 와중에 의아한 게 하나 더 떠올랐다.

“왜 그냥 있었지?”

반도들과 마주해 싸우는 와중, 수적인 차이가 엄청남에도 언인영과 추격대는 열세를 면치 못했다. 하니 그쯤엔 모습을 드러내 도움을 주고 반도들을 잡았어야 했다.

그런데도 숨어 있는 이들은 계속 침묵했다. 어째서?

아무리 언인영이 만사 귀찮아 하며 일 처리에 미적대는 경향이 강해도, 장로쯤 되는 자리를 허투루 올라왔을 리가 없지 않나.

단번에 셈이 머릿속에 떠오른다.

“내가 회생할 수 없을 만큼 타격을 받은 뒤에 움직이려다가…… 기회를 놓친 거군.”

어중간할 때 도움을 주었다 공을 인정받지도 못하고,

잘못하면 지원군까지 고스란히 뺏겨 언인영의 추격대에 흡수되는 상황을 경계한 게 분명했다.

진유청이 단박에 깽판을 놓기 전까진, 말이다.

언인영 자신도 놀랐으니, 멀찍이 지켜보던 이들은 얼마나 어안이 벙벙했을까?

언제 끼어들까, 밀고 당기기에 한창일 때 줄이 갑자기 중간에서 툭 끊어져 버린 게 됐으니.

자신들보다 더 넋을 놓았을 저들을 떠올리니 마음에 위안이 좀 된다.

지면을 두드리는 말발굽 소리처럼 빠르던 언인영의 심장박동이 원래의 흐름으로 돌아갔다.

언인영은 후발대 중 가장 앞에 서서 입을 벌린 채 서 있었을 이의 얼굴로, 고창선을 그렸다.

본진을 나설 때 마지막에 마주친 사람이고, 나누었던 대화가 불편해 그런 걸 수도 있겠지마는…… 근래 그의 행보가 심상치 않았다는 몇 가지 정황이 곁들여지며 언인영의 심증이 굳어졌다.

언인영은 고심한다. 대장로 악기태의 화산엔 자신의 자리가 있고, 그의 제자 전용후가 이끌 새로운 화산엔 자신의 자리가 없다.

하나 과거로는 돌아갈 수가 없지 않은가.

그렇다면…….

화산의 반도들이 사라진 정면과 저를 감시한 후발대가 있는 뒤편을 번갈아 본 언인영이 눈을 가늘게 떴다.

"아직 하나 남아 있긴 하군."

과거부터 현재까지, 아직 끊이지 않고 이어져 있는. 언인영 자신은 가보지 않은 길이.

어찌나 낙엽과 흙이 수북이 덮여 있는지 그런 게 있다는 것조차 이제 떠올랐지만, 그래도 어쩌겠나.

좁고 험한 길을 닦고 치우는 번거로움이, 앞뒤가 끊긴 길 중간에 서서 오도 가도 못하고 썩는 것보단 낫겠지.

편안히 늙어갈 일만 남았다 여겼던 언인영은 자꾸만 여기저기서 찔러대는 이들로 인해, 어쩔 수 없이 남은 땔감을 주섬주섬 모아 가슴에 불을 지피기 시작했다.

"유청아, 표정이 왜 그래?"

정한수가 물었다.

추격대를 뿌리치고, 운 좋게 도망친 참이 아닌가.

지친 기색이면 몰라도 뭔가 두고 온 거라도 있는 것처럼 몇 번이고 뒤를 돌아보며 찜찜한 얼굴을 한 진유청은 확실히 이상했다.

"응? 아…… 그냥."

유청이 머릴 긁적였다.

왠지 큰일 보고 뒤 안 닦은 거 같은 그런 기분이 자꾸

든 달까?

"혹시 추격대 뒤쪽에 숨어 있던 무리들이 신경 쓰여 그러냐?"

나채환의 말에 유청의 눈이 커졌다.

"채환이 너도 느꼈냐?"

나채환은 대답 대신 고개를 끄덕였다.

유청이 한수에게 곁눈질을 하며 입을 열려다가 멈칫하더니 말을 돌리기 위해 다른 주제로 이야기를 이어 나가려 했지만.

한수가 막았다.

"뭔데 그래?"

"으응…… 추격대가 꼬리를 달고 왔더라고. 근데 정작 추격대의 책임자 되는 거 같은 노인장은 전혀 모르는 눈치라서."

추격대 자체가 화산이 주축이 됐고, 꼬리로 달고 온 이들에게서 비슷한 냄새가 풍겼으니…… 인의회에 속해 있는 화산 내부에 분열이 있다는 뜻 아니겠나.

간과할 사항은 아니었다.

"그래? 난 몰랐는데."

나채환과 진유청은 알았는데 저만 기척을 읽지 못했다는 건 가장 무공이 떨어진다는 뜻으로 풀이될 수 있었지만, 한수는 아무렇지도 않은 듯이 양 어깨를 으쓱거리며 대답했다.

"뭐, 모를 수도 있지."

유청이 좀 전에 신경 썼던 것과는 달리 피식 웃으며 편하게 대답했다.

한수가 괜찮다지 않나.

거기다가 확실히 하자면, 이건 한수가 약해서가 아니다.

전용후를 좌절하게 하고 화산을 떠들썩하게 했던 녀석의 재능은 진짜였다.

그저 추격대를 맞아 조금의 흔들림도 없이 칼을 휘두를 수 있었던 초린대와는 다르게, 소운찬을 따르는 화산 문하들의 칼은 다른 때보다 어지러웠던 것과 관련이 있다고 보면 될 듯.

"이제 섬서다."

나채환의 말에 유청과 한수가 동시에 고개를 돌려 정면을 향했다.

"한바탕, 해볼까?"

유청이 흰 이를 드러내며 씨익 웃더니 뒤따르는 일행에게 손짓했다. 빨리 오세요, 얼른요!

드디어 일행이 섬서로 성큼 걸어 들어갔다.

시간이 조금 흐른 후.

물결 위를 미끄러지며 원을 그리는 파장이 원래의 것이 지나간 공간 위로 한 겹 겹쳐진다.

제법 수가 많은 인원이 빼곡하게 빈 공간을 채우며 나타난 것이다.

"여기인가?"

언인영이 목을 쭉 빼고 주변을 살폈다.

"이쪽이 맞는 거 같습니다."

화산검수 중 한 명이 주위 흔적을 살핀 다음 보고를 올렸다.

팔짱을 낀 언인영이 고개를 한 번 까딱거리는 걸로 알았다는 표시를 했다.

그는 반도들의 도주로를 찾은 뒤 다음 명령을 기다리며 대기하고 있는 추격대원들을 훑어보다 그들의 어깨 너머로 시선을 향했다.

좀 전과는 비교하면 뿜어져 나오는 기운이 확연히 줄었지만, 신경을 곤두세우고 전력을 다해 찾으면 읽혔다.

후발대는 여전히 자신들을 쫓아오고 있는 거다.

"내가 추격을 멈추지 않는 한, 고 장로 당신도 계속 나를 쫓아와야겠지?"

후발대로서의 역할에 충실해야 함은 물론, 제 사사로운 이익을 위해 선발대를 도와야 할 순간에 물러나 있었다는 게 밝혀지지 않게 하려면 말이다.

매향각주 전용후가 언인영 자신에게만 혹독하고 매우냐면, 그건 아니니까. 그는 모두에게 공평했다.

그러니 고창선이 받아야 할 벌도 언인영 자신 못지않게 클 것이다.

사실, 지금에 와서야 전용후가 많이 꺼림칙해졌지만 그렇다고 해서 그가 괜찮은 장문인감이었다는 것까지 부정할 생각은 없다.

화산의 손꼽히는 후기지수이자 빛나는 역할을 모두 맡았던 정한수가 선망의 대상이었던 건 부정할 수 없겠지만, 뒤에서 묵묵히 제 할 일에 열중하던 진중하고 무게감 있는 대사형 전용후를 따르는 제자들도 적지 않았으니.

전용후라면 너무 이상에 치우쳐 실리를 무시하는 일 없이, 호의호식하며 살게 해줬을 거다. 어디 가서든 화산 출신이란 걸 알리기만 하면 기죽지 않고 대우받을 수 있게끔.

전용후 자신의 뜻에 거슬리는 짓만 하지 않으면 깍듯함을 잃지 않고 웬만큼은 대우해 주면서.

사실 언인영은 그 정도면 충분히 만족하며 지낼 수 있었는데 왜 하필 자신에게 중요한 임무를 맡겨서는!

추격대를 꾸리고 책임자를 선택할 때, 너무 나서는 고창선과 같은 류는 의욕이 과해 사고를 칠 거 같고 너무 수그러드는 다른 장로들은 믿음이 가지 않은 탓이었는지.

전용후는 어중간한 위치에 있던 언인영을 골랐다.

그게 그의 잘못이자, 실수.

언인영처럼 줏대 없는 이에게 등 뒤에서 송곳니를 드러내며 겁을 줄 고창선 같은 이를 딸려 보낸 게 두 번째 잘못이자, 실수.

"가자."

언인영이 추격대 대원들에게 명령했다.

얄팍하고 가벼운 만큼 변심이 빠르고.

저가 가진 가장 좋은 게 장로직이다 보니, 그 하나로 남은 인생을 편하게 살고 싶었던 바람이 자꾸 위협당하고 깨트려지려 하자 원흉인 전용후와 고창선에 대한 원망과 미움이 커진 상태.

돌아가 실패를 보고할 마음도, 고창선의 존재에 대해 추궁할 생각도 없다. 이젠 전용후 앞에서 뭔가 해야 한다는 자체가 부담이고, 두려웠다.

언인영은 이 선택이 화산을 위해서는 어떨지 모르지만, 저 자신을 위해서는 최선의 것이라고 여겼다.

"본진으로 가서 보고를 하지 않고 바로 섬서로 진격하시는 겁니까?"

화산검수 중 한 명이 의아한 듯 물었다가 언인영의 따가운 눈총에 입을 닫았다.

"속도를 높이도록!"

언인영이 추격대 대원들과 함께 섬서로 들어갔다.

"그렇게 돼서 추격대는 섬서로 들어가고, 후발대는 그들을 쫓아갔다고 합니다."

생각만 해도 웃긴 듯이 전용후가 피식거리더니, 손에 들고 있던 죽 그릇에서 죽 한 숟가락을 떴다.

사실 전혀 재미있지 않은 상황이었지만 어쩌겠나.

이미 벌어진 일이고, 자신이 했던 선택이 모두 최악의 결과로 돌아온 것을.

하나 그는 여전히 내색하지 않고 말을 이었다.

"어쩔 수 없이 제가 나서야 할 거 같은데…… 사부님을 두고 가는 게 아무래도 마음에 걸립니다."

마차 내부를 개조해 비스듬히 몸을 뉘인 채 눈만 깜빡거리던 대장로 악기태가 발작하듯 몸을 떤다.

"으어……!"

그 상태에서 죽 숟가락이 입술에 닿자, 악기태가 고개를 흔들었다. 하나 전용후는 억지로 양 입술 사이로 숟가락을 밀어 넣어 죽 한 덩이를 두고 나왔다.

"어렵사리 구한 약이 참 효과가 좋아서 저로선 다행입니다만, 그래도 식사는 하셔야지요."

사부가 난동을 부리는 건 전용후의 입장을 난처하게 만드는 거지만, 사부가 이렇게 죽으면 전용후는 극히 곤란

지경에 처한다.

사부를 죽인 패륜을 저질렀는지에 대한 의혹을 받는 건 둘째 치고, 매향각주인 그가 화산 전체를 아우르려면 자신의 뒤에 살아 있는 대장로를 일단은 세워둬야 했기 때문이다.

그러니 사부는 전용후 자신이 차기 장문인 지위를 확정받을 때까지는 절대 죽어선 안 됐다.

"제가 없는 동안 사부님의 수발을 들 충실한 이를 구해 놓았으니, 괜히 딴생각은 하지 않으시는 게 좋을 겁니다."

"으아아아아……."

혀가 마비된 듯. 입을 벌리지만 제대로 된 말은 나오지 않는다.

전용후를 향하는 악기태의 눈동자에 원독이 사무쳤다.

"걱정 마십시오. 돌아가실 땐 꼭, 그토록 원하셨던 장문인 자리에서 눈 감으실 수 있도록 해드리지요."

회한은 없으실 겁니다.

그가 또 한 숟가락, 죽을 떠 악기태에게 갖다대는데.

챙그랑!

악기태가 잘 움직이지 않는 팔을 내저어 숟가락은 물론 그릇까지 내팽개쳤다.

"쯧……."

전용후가 나직하게 혀를 차며 제 팔과 몸에 묻은 죽을

내려다봤다. 그는 마차에서 나가려는 듯이 상체를 숙인 채 몸을 일으켰다. 그리곤 마차 문을 향해 손을 뻗다 말고 고개를 돌려 사부를 봤다.

"마비산 양을 늘려야겠습니다. 좀 더 참아보시지 그러셨습니까?"

팔을 움직일 수 있다는 걸 숨겨 어떻게든 회생의 기회를 노리고 있던 사람이 겨우 이 정도 도발에 넘어가다니.

"조급하신 모양입니다. 하지만 그럴수록 더 웃어야 한다고, 감정을 감추고 상대방을 방심시켜야 한다고 한수에게 가르치시지 않으셨습니까?"

대답을 기대한 게 아니기에 전용후는 제 할 말만 한 채 마차를 빠져나갔다.

쿠당탕탕!

마차 안에서 뭔가가 부서지는 소리가 들렸으나 전용후는 크게 신경 쓰지 않았다.

힘없는 노인네가 저만한 신경질도 부리지 못하면 속이 갑갑해 어찌 살겠나.

좀 뒹굴며 발작을 하다 보면, 죽에 탄 약의 효과가 돌아 기절할 것이다.

그쯤해서 수발들 이를 들여보내 정리하게 하면 될 일.

"사부님께는 얘기했으니, 이번엔 점창 장문인을 뵐 차례군."

방금 전, 사부와 보냈던 것처럼 유쾌한 시간은 안 될 게 분명하지만 그렇다고 건너뛸 수는 없는 노릇.

"그분은 이번에도, 그러시려나."

전용후가 무표정한 얼굴로 혼잣말을 했다.

관(官)을 의식해 초린대를 떼어내고 일처리를 하는 게 좋을 거라 여겼는데, 결국 실패해 반도들이 초린대와 한 덩어리로 섬서로 향한 것에 대해 추궁하고 꼬투리를 잡을 것이다.

화산만의 잘못이 아니요, 지금 당장은 책임 소지를 명확히 하는 게 중요한 때가 아님에도 말이다.

점창 장문인 최석은 언제나 중요한 일에선 발을 뺀 채 늦장을 부리면서 상황이 자기들에게 유리한 쪽으로 돌아가기를 기다렸다.

최대한 살펴볼 걸 다 본 후 마지막에 나서려는 거다.

그것은 전용후도 자주 사용하는 수법으로. 그 자체가 잘못됐다는 건 아니지만, 일을 망치면 자신들 모두가 나락으로 떨어질지도 모르는 순간마저 그러는 건 문제이지 않나.

아무래도 점창은 계속 뒷걸음질만 치다 보니, 나서야 할 때를 잊은 모양이다.

어찌 세상의 달달한 부분만 먹으려고 할까?

물정 모르는 어린아이도 아니면서. 흐름을 읽는 눈도

밝고 머리 회전도 빠른 이가 자기와 점창은 그럴 수 있다고, 그래도 된다고 여기는 듯이 행동하는 게 우습다.

아마도 이번 일의 방향을 섬서로 잡은 게 점창에게 더욱 빌미를 준 듯.

화산이 얻는 이득이 훨씬 크고, 화산을 정리하기 위한 수단으로 인의회를 이용한 게 됐으니까.

"값을 더 치르라면…… 치르지."

전용후는 사람들의 마음이 모두 제각각 달라 도저히 이해할 수 없는 행동과 판단을 하는 이들도 당사자에겐 꼭 그래야만 하는 이유가 존재한다는 걸 제 사부의 일로 알게 됐다.

그건 남이 어떻게 할 수 있는 부분이 아니요, 결국은 강압적인 힘으로 억누르는 수밖에 없다는 것 또한.

하나 점창은 반쪽짜리 화산이 강제할 수 있는 문파가 아니니.

"대신, 무너지는 건 함께요."

전용후는 그만큼은 되돌려 받아도 된다고 생각했다.

점창 장문인 최석은 절대 그렇게 생각하지 않겠지만, 상관없었다.

이것은 누가 그 사부의 제자가 아니랄까 봐, 저가 고스란히 물려받은 것 중 하나니까.

어찌 보면, 무림 최상층부에 있는 자신들은 모두 닮았

다. 한 어미 뱃속에서 나온 같은 형제처럼 비슷한 구석이 많았던 것이다.

욕망이 낳은, 괴물들.

동심회만이 사람의 얼굴을 하고 있으니 자신들을 자극하고 그로 인해 더욱 배척받는다.

전용후의 시선이 섬서가 있는 쪽으로 향했다.

저기서 그리운 화산과 자신과 같을 뻔했으나 다른 길을 택한 사제가 자신을 기다리고 있었다.

하늘이 누구를 선택했는지, 확인해 볼 때가 됐다.

第六章

화산으로 가는 길!

“진짜로 뭐가 오긴 오는 겁니까?”

조겸이 늘어지게 하품을 하며 말했다.

“오겠지. 황 대인께서 허튼짓을 하실 분이시냐.”

“네, 네. 그건 그렇지요.”

조겸은 조금도 망설이지 않고 윤중현에게 동의했다. 그의 생각에도 황학용은 절대 저에게 이익이 가지 않는 일에 신경을 쓰거나 시간을 낭비할 사람이 아니었으니까.

다만, 황학용에겐 도움이 될 그 일이 자신들에겐 어떤 영향을 미칠지 알 수 없다는 게 문제.

그래서인지, 찜찜함이 가시질 않았다.

게다가 관군인 자신들이 화산 인근을 배회하는 듯 보이

니 화산파에서도 신경이 잔뜩 날카로워져 자신들을 주시하고 있지 않나.

오래 버틸 수 없을 것 같은 장소에 계속 처박혀 언제 올지 모를 무림인들을 기다리라니.

대체, 왜?

조겸은 윗분들 하시는 일엔 궁금증을 가지지 않는 게 오래 살 수 있는 아주 간단하고 손쉬운 비법이라고 생각해 왔음에도 이번엔 잘 안 됐다.

"혹시 박 대인께서 은밀히 보내온 연락은 없는 겁니까?"

조겸이 은근한 어조로 묻자 윤중현이 고갤 젓는다. 그도 내심 걱정이 되던 참이라 낯빛이 좋지 않아졌다.

도지휘사사에서 몇 번 명령이 내려왔는데 모두 도지휘동지인 황학용을 거쳐서다.

도지휘사인 박찬희가 멀쩡히 자릴 지키고 있다면 유사시에 한, 두 번도 아니고 어째서 번번이 아랫사람인 황학용이 직접 군대에 명령을 내릴까?

하나 조겸은 자신이 괜한 소리를 했구나 싶었다.

당장은 할 수 있는 게 없었으니까.

"너무 걱정하지 마십시오. 박 대인께서는 그리 호락호락한 분이 아니지 않습니까."

무슨 일이 생겼을 때를 대비해 비상시에 외부로 연락할

방법 한 가지 정도는 숨겨두고 계실 거다.

그러니 박찬희가 가장 신임하는 수하인 윤중현에게 도움을 요청하는 연락이 오지 않았다는 건 자신들이 가정하는 나쁜 사건이 벌어진 건 아닐 거라고.

"그래, 나도 그렇게 생각한다."

윤중현이 대답했다.

두 사람 사이에 정적이 흐른다. 한 번 가라앉은 분위기는 다시 떠오르지 않았다.

침묵에 속이 갑갑해진 조겸이 벌떡 일어나 막사 입구 쪽으로 갔다. 그는 입구를 가리고 있는 천 자락 끄트머리를 말아 쥔 채 위로 들어 올린다.

드러난 틈으로 백호들과 병사들의 모습이 보였다.

아무리 전쟁 중이 아니고 무슨 목적으로 차출된 건지 정확히 알지 못한 채 헤매고 있지만…… 임시로 꾸린 진지에서 너무 해이한 모습으로 널브러져 있어 절로 눈살이 찌푸려졌다.

물론, 모두가 다 그런 건 아니었지만.

"저들은……."

백호 서넛이 뭉쳐 무언가 진지하게 이야기를 나누고 있었다.

조겸이 그들을 뚫어져라 바라보자 시선을 느꼈는지 백호 중 한 명이 그가 있는 방향으로 고갤 돌렸다가 눈이 마주쳤다.

고개를 작게 숙여 보인 사내가 동료들을 툭툭 치더니 슬금슬금 다른 장소로 이동한다.

뭔가 뒤가 구린 일이 있는 건 분명한데, 냄새만 피우며 결정적인 한 방이 없으니 물증을 잡을 수가 없었다.

이런, 젠장.

"뭐가 일어날 거라면 차라리 빨리, 팡팡 터졌으면 좋겠습니다. 이렇게 조바심 내며 기다리는 게 더 못할 짓 같습니다."

조겸이 한숨과 함께 투덜대더니 바깥쪽으로 몸을 뺐다. 그리고.

"뭐하나! 어서 안 일어나나!"

수하로서 윤중현과 있을 때와는 다른, 수백호 조겸의 카랑카랑한 목소리가 진지에 울려 퍼진다.

"그러게 말이다. 이왕 내릴 비라면, 어서 한바탕 시원하게 내렸으면. 빨리 젖으면, 그만큼 빨리 옷이 마를 테니까."

눈을 지그시 감은 윤중현이 혼자 남은 막사에서 한 박자 늦은 대답을 했다.

두 사람은 아직 알 수 없겠지만, 곧 그들의 바람이 이루어지리.

그들이 원했던 것보다 훨씬 크고 뜨거운 것이 화산을

향해 짓쳐 들고 있었다.

휘익!

유청이 바람 소리가 들릴 만큼 거세게 고개를 돌려 뒤를 바라본다.

일행과 멀찍이 거리를 두고 천천히 다가오던 기운이 갑자기 멈춰 섰다.

유청의 눈가가 푸들푸들 떨린다.

"유, 유청아……."

한수가 유청의 팔을 잡아당기자 녀석이 숨을 길게 내쉰 후 다시 가던 길을 향해 발을 내딛는다.

그때 또다시 슬금슬금.

꽁무니로 따라붙는 기척.

결국 유청이 화르륵 불을 토했다.

"아, 진짜! 언제까지 쫓아올 건데?"

일전에 한 번 손속을 겨뤘던 추격대는 하남과 섬서의 경계를 넘어 이곳까지 오는 동안 계속 자신들의 뒤를 따랐다.

그래, 그게 저들이 가장 우선시해야 할 일이고 중요한 임무란 것까지 부정할 생각은 없다.

다만 할 거면 제대로 해야지. 명색은 추격대인데, 암습은커녕 공격도 하지 않고 빤히 보이는 데서 알짱거리며 졸졸 따라오기만 하는 건 또 뭐냐!

"언 장로님이 대사형에게 배신감을 크게 느낀 모양이다."

한수의 말이 더 기가 막히다.

"그러면 가서 너네 대사형한테 따질 일이지, 왜 여기서 저러냐고!"

유청의 목소리가 어찌나 큰지 추격대가 있는 곳까지 쩌렁쩌렁 울릴 정도였다.

"야!"

기겁한 한수가 유청을 말리지만, 말린다고 말려지면 그게 유청이겠나.

유청의 탈을 쓴 무진이라면 모를까. 그러니, 한수야.

"제발 너부터 정신 좀 챙겨라, 응?"

얘가 언제부터 이렇게 물러 터져진 거지?

유청은 저도 모르게 소운찬에게로 시선을 돌렸다.

화산과 한수에게 일어난 변화에 가장 큰 역할을 담당한 게 그였으니까.

은연중 한수의 행동을 지지했는지 고개를 주억거리던 소운찬이 유청과 눈이 마주치자 흠칫하여 어색한 웃음을 입가에 그렸다.

유청의 한쪽 입꼬리가 치켜 올라갈 듯, 말 듯 꿈틀거렸다.

아아, 이 골칫덩어리들을 어이할꼬.

싸울 땐 이제 너와 나의 길은 다르다는 듯이 검을 잘만 휘두르더니, 뒤를 졸졸 따라오며 받아 달라는 칭얼거림은 왜 내치지 못하는 거냐?

운명을 갈아타는 게 그리 쉬우냐?

게다가 추격대 중 책임자로 보이는, 한수의 말에 의하면 언인영이란 이름을 가진 장로는 자신들에게 투항할 뜻이 있어 보였지만 다른 화산검수나 일반 제자들에게선 여전히 적의가 풍겨 나왔다.

저거, 아무래도 제대로 이야기나 나누고 애들을 여기까지 끌고 왔는지도 영 의심스러운 것이.

"배고프다고 아무거나 먹으면 체한다. 힘은 들어도, 처음부터 제대로 된 재료를 찾아 정성껏 요리해야 해."

그런 음식을 먹어야 몸도 마음도 잘 자라게 되는 거지.

화산의 상황이 소장문인과 한수에게 유리하지는 않지만 그렇다고 저런 이의 도움을 받아서 일을 해결하는 건 절대 좋은 방법이 아니다.

당장은 편할지 몰라도 훗날을 생각하면 몇 배의 대가를 치르게 될 게 분명하니까.

게다가 유청이 정말 걱정하는 건……

한수가 곧은 눈빛으로 유청을 직시했다.

그래, 이거다, 이거. 그런 눈으론 보지 말지? 응?

그러면 꼭 내가 싫어하는 사건, 사고가 터지더라.

유청이 울상을 짓지만, 한수는 아랑곳하지 않고 입을 열었다.

"아무나 아니다. 화산의 장로님과 제자들이잖아. 잘 다듬고 씻어서 쓸 만한 부분을 찾아내야지."

역시나!

그냥 대충 써먹고 버려두는 것도 아니고, 썩은 재료를 공들여 손대서 요리까지 하려는 거다.

"대체 넌 왜! 항상 쉬운 길 두고 어려운 길로만 가냐?"

한수, 니가 제일 이상해!

니 취향이 제일 위험해! 너에 비하면 채환이의, 아가씨도 유부녀도 아닌 평범한 아저씨 정도야 감사하지, 감사해!

소운찬 장문인을 선택했을 때는, 처음이고 제 인생의 중대한 선택이니 걱정하면서도 어깨를 두드려 줬다.

어렵지만 빛나는 선택을 한 한수가 자랑스럽기까지 했다.

한데 상황이 이쯤 되니 속이 터지려 한다.

그럼에도 한수는 할 말이 있는 듯.

"이것도 나름 복수하는 거다. 화산에서 장문인을 모시고 도망쳐 나왔을 때…… 추격대에게 쫓기며 당양으로 가는 중에 결심했다. 화산을 사랑하니까, 너무 사랑하니까

아주 아프게 때려야겠다고. 썩은 재료를 먹을 수 있게 손질하는 것도 힘들겠지만…… 생살이 잘려 나갈 그 반대 입장도 만만치는 않을 거다.”

네, 네. 그러시겠지요.

핑계 없는 무덤이 어디 있겠나.

다 나름대로, 각자의 사정과 이유가 있는 거겠지, 앙?

윗입술을 까뒤집은 채 송곳니를 내보이는 유청의 얼굴이 상당히 험악했는지 정한수가 눈동자를 스르륵 굴려 딴청을 피운다.

유청이 콧잔등을 찡그리다 말고 한수를 툭 쳤다.

“가서 확인부터 해봐.”

만약 한수에게 무슨 일이 생기면 유청은 견디기 힘들 거다.

한데, 지금은 참을 인(忍) 자 세 번이면 한수를 살릴 수 있지 않은가! 유청은 그 사실을 몇 번이고 되뇌며 한 걸음 물러난 것이다.

“뭘?”

태연히 되묻는 한수를 보며 유청이 손가락 두 개를 펼쳤다.

두 걸음째. 그래도 대답은 해준다.

“저 사람, 진짜 소장문인 휘하로 들어올 작정인 건지, 추격대의 다른 제자들의 거취는 어떻게 되는 건지. 공개적으로 제 입장을 밝히게 해.”

사실 자신들이 주고받은 이야기는 주변 정황으로 추측해 낸, 아직 확인되지 않은 사항을 기반으로 쌓아 올린 게 아닌가.

확실한 게 필요했다.

“그러는 게 좋겠지?”

정한수가 언인영과 추격대가 있는 방향을 돌아보며 중얼거린다. 하나 유청은 손가락을 하나 더 펼침과 동시에 발을 들어 올려, 냅다 정한수를 걷어차며 외쳤다.

“그러는 게 좋은 게 아니라, 안 그러면 안 되는 거거든!”

아주 나쁜 일이 벌어질 테니까. 진유청 자신이 꼭 그렇게 만들 예정이다.

부글부글 끓어오르는 유청의 의지를 엿본 정한수가 아픈 곳을 손으로 문지르며 이 이상 나쁜 일이 일어나지 않도록 서두르려는데.

“만약에 저러는 거 자체가 또 하나의 수작질이라면…….”

유청이 말한다. 한수는 이번엔 시간을 끌지 않고 바로 대답했다.

“정리할게. 내 손으로, 먼저.”

유청이 녀석이 또다시 발을 들어 올려서는 절대 아니었다.

후다닥 뒤돌아서 언인영과 추격대가 있는 곳으로 달려가는 한수를 보고 있노라니 유청은 절로 한숨이 나왔다.

순둥이들이 순둥이로 크는 건 내 이해를 하겠다. 간혹 순둥이 중 좀 덜떨어져서 성장이 남보다 늦된 녀석이, 딱 집어 무진이, 있다는 것도 충분히 그럴 수 있는 일이라 여기고.

그렇지만 어렸을 땐 멀쩡했던 녀석이 자라면서 저렇게 되는 건 무슨 경우람?

이래서 환경이 중요한 걸지도.

분명 화산으로 돌아가기 전, 학관에서 같이 밥 먹을 땐 지가 좋아하는 반찬은 지 앞에 놓고 먹고 맛없는 거만 유청 자신에게 미뤄주며 선심을 쓰는…… 정상적이고 똘똘한 녀석이었는데 말이다.

"걱정이군."

나채환도 유청과 비슷한 생각을 한 듯.

"맞다. 대체 왜들 저러냐? 이 험한 세상 어찌 살아가려고…… 하나같이 착해 빠져서는. 독하지가 못하다니까!"

한수의 행동에서 시작된 거지만, 한수만을 가리키는 이야기는 아니다.

녀석으로 인해 떠오른 많은 얼굴이 유청이 혀를 차게 만들었다.

근묵자흑(近墨者黑)이라 했나? 시커먼 것들과 놀면 같이 새카매지는 게 당연한 건데…….

동심회는 어디에 저다지도 희디흰 천이 있기에 사람들을 감싸 안아 구름 위에 올려놓고 간질일까.

웃게 할까?

그것도 먼지 한 점 묻은 적 없는 순백이 아니라, 개구쟁이 어린아이가 흙바닥에서 실컷 놀다 들어와 벗어 놓은 옷을 어미가 냇가에서 정성껏 빨아 햇볕 아래 잘 말린 것 같은 깨끗한 천이 동심회 밑바닥에 깔려 있는 거 같았다.

이현 형님인가? 아님 하남성 호랑이를 자처하는 아버님?

그도 아니면 세 문파의 가장 큰 어르신들부터 장로님들…… 그리고 유청 자신의 친구들까지.

누구에게서 시작된 향기인지 가늠하기가 어려웠다.

왜냐하면, 유청이 보기엔 모두에게서 선기가 흘러나와 서로를 감싸 안았으니까.

"이러다 나 같은 놈까지 물들이겠네."

벌써 어울리지도 않게, 심장에 생불 한 분 모시고 살게 되지 않았나.

유청이 입맛을 다신다.

녀석은 아직도 모르는 듯했다.

진유청 저가 이 모든 일의 원흉이라는 걸.

동심회의 시작과 끝에 그가 있고, 그가 바로 동심회다.

그 사실을 부정할 이는 동심회에 아무도 없었다. 진유청이 동심회를 감싸 안고 있는 흰 천이란 것을, 말이다.

혼자 구시렁거리던 유청은 저를 빤히 보는 나채환의 시선을 느끼고 눈으로 묻는다.

왜?

"아니다."

나채환이 유청에게서 고개를 돌렸다. 굳이 깨우쳐 줄 필요가 있을까 싶어서다.

옆에서 보는 저가 어떤 녀석인지 말해준다고 해도 어차피 유청 스스로가 인정하지 않을 게 분명했으니.

좋은 사람으로 보이는 게, 좋은 사람이라 불리는 게 싫은가? 무섭나?

이유는 알 수 없지만 저가 아니라면 그런가 보다 하면 될 일.

유청에게서 관심을 끈 나채환은 한수가 상황을 어찌 풀어가고 있는지 확인하기 위해 그가 있는 쪽으로 얼굴을 향했다.

한수가 다가가자 모습을 드러내고 다가와 이야기를 나누기 시작한 언인영이 갑자기 손에 기운을 잔뜩 싣는다.

"어엉? 저 노인네가 지금 뭐하려는 거지?"

옆에서 유청의 날 선 목소리가 들려왔다. 녀석이 잔뜩

인상을 쓰더니 나채환에게 동의를 구하는 얼굴을 한다.

저 노인네가, 한수를 때리려나 봐!

한수에 대해 그렇게 투덜거리며 신경질을 내놓고도 다른 사람이 녀석에게 해를 입히려 하니 눈에서 바로 불똥이 튀긴다.

그래, 그래야 니가 진유청이지.

나채환이 고개를 끄덕였다.

"가자."

스릉!

나채환의 손에 칼이 들렸다. 사실 그에게도 정한수가 나가서 다른 사람에게 맞고 다니는 건 썩 기분 좋은 일이 아니었으므로.

어른이 돼 각자의 입장이 다르다는 걸 깨달은 채환이나 그런 건 개냐 고양이냐의 차이로. 어차피 둘 다 동물이란 건 같기 때문에 상관없다 여기는 유청과는 다르게 자기 위치에 대한 자각과 책임감이 큰 정한수가 곁에 있었다면 기겁을 하며 말렸을, 그런 광경이 펼쳐진다.

나채환과 진유청 두 녀석이 추격대가 있는 방향으로 튀어 나감과 동시에, 그 뒤로 소운찬을 비롯한 화산 제자들과 초린대가 우르르 따라붙었기 때문이다.

재앙(災殃)은 어디 갖다 놔도 재앙이고.

재앙(災殃)은 구르면 구를수록, 눈덩이처럼 몸집을 불

렸다.

　“나는 장문인과 그 후계자가 될 한수 너를 위해 온몸을
받칠 것이다.”
　언인영이 제 힘을 과시하려는 듯이 기운을 잔뜩 끌어
모은 한 손을 높이 쳐들고 외치다가…… 정한수의 어깨
너머에서 달려오고 있는 이들을 발견하곤 눈을 깜빡거린
다.
　어어어? 저게 뭐지?
　거기에 더해 가장 앞장서서 달려오는 인물의 얼굴을 보
라!
　혀를 날름거리며 입술을 핥더니만, 치켜세운 엄지를 제
목에 갖다 대고 옆으로 스윽?
　언인영은 삼류 파락호들이 개싸움을 벌이기 전 상대의
기선을 제압하기 위해서나 사용할 거 같은 장면을 눈앞에
서 봤다는 게 이해가 가지 않았다.
　자신은 화산의 장로고, 저쪽에서 다가오고 있는 녀석은
자신보다 더 귀히 자랐을 게 분명한 신분이니까.
　하나 어쩌겠나.
　눈덩이가 눈 쌓인 비탈길을 굴러 내려오며 점점 커지
듯, 확대돼 언인영의 눈에 담긴 놈의 얼굴에 그려진 삐죽
한 미소가 저가 본 게 거짓이 아니란 걸 말해주고 있음에

야.

"무슨 오해가 있는 모양이다, 어서 말려보려무나……."

언인영이 주춤거리며 뒤로 물러나자 한수가 양 어깨를 으쓱거렸다.

"그건 조금 어렵겠는데요?"

저렇게 흥분해서 달려오는데 말리려다간 한수 자신이 먼저 한 대 맞을 거 같았다.

"이제 소장문인의 사람이 됐으니 저들도 내게 함부로 대해선 안 되는 거 아니냐!"

"그러게요. 그러니 언 장로님께선 앞으론 무시당하지 않도록 행동에 유의해 주십시오."

아무래도 언인영이 잘못 알아들은 게 하나 있는 거 같은데. 그를 받아들였다고 해서 그가 한 잘못까지 다 용서했다는 뜻은 아니다.

그가 앞으로 어떻게 하느냐에 따라, 그가 한 잘못이 경감될 수야 있겠지마는 그는 한수가 유청에게 했던 말이 빈말이 아님을 몸소 체험하게 될 것이다.

써는 사람도 힘들지만, 썩은 부위가 잘리는 재료도 괴롭다는 걸.

"막아라! 저놈을 막아!"

유청의 무공 수위는 이미 본 적이 있으니 자신은 그의 일 검조차 막을 수 없다는 걸 언인영은 너무 잘 알았다.

그의 외침에 추격대가 웅성거린다.

유청 일행보다 훨씬 가까이에서 언인영과 정한수의 만남을 지켜볼 수 있었던 추격대는 자신들의 책임자가 반도의 무리 중 핵심이라 할 수 있는 그를 만나는 과정에 의아함을 품고 있었던 차.

혹시 언인영이 변심한 건 아닌가 하고 의심하고 있었는데 제 갈 길을 가며 추격대를 무시하던 반도들이 처음으로 먼저 공격을 해오니 이상했다.

게다가 언인영은 자신들 보고 반격을 하라 소리치면서 정작 저는 뒤로 빠지기에 바쁘지 않은가.

그렇게 시작된 추격대원들의 망설임은 재앙의 맛있는 먹잇감이 돼 상황을 더욱 혼란스럽고 복잡하게 만드는데 일조를 한다.

쩌억!

날 듯 파닥거리며 달려와 아무런 방해 없이 쭉 뻗은 다리로 언인영의 얼굴에 제 발자국을 찍을 수 있었던 진유청은 한껏 좋아진 기분으로 흰 이를 드러내며 주변을 돌아봤다. 그때.

저건 또 뭐래?

뒤쪽 어딘가에서 뭔가 희끗한 것들이 먼지를 뿌옇게 뿜어내며 자신들이 있는 곳으로 달려오고 있었다.

"추격대를 도와라! 반도들에게 추격대가 몰살당하기 전

에 구조해야 한다!"

고창선이 이끌고 오던 후발대였다.

추격대가 유청 일행의 뒤를 따라온 것처럼 저들도 기척을 잔뜩 죽인 채 추격대의 뒤를 졸졸 따라왔던 것이다.

물론, 유청도 알고 있었고 언인영도 알고 있던 사실이지만 정작 당사자인 고창선은 자기가 발각됐다는 걸 전혀 눈치채지 못하고 있었다.

그러니 저렇게 창피한 줄도 모르고 한 번 놀라봐라, 라는 듯이 고함을 내지르며 달려오고 있겠지.

"몸살은 무슨. 얼굴에 발자국 한 번 찍은 걸 갖고."

유청이 투덜댔다.

"그게 도화선인 거 같은데?"

정한수가 대답했다.

자신이 언인영이랑 이야기하는 도중 유청이 일행을 다 끌고 와 공격을 하지 않았나.

실질적으로 칼부림을 한 건 아니었지만, 상대적으로 몇 배 이상 수가 많은 추격대임에도 즉각 받아치지 못하고 뒤로 물러나는 모습을 보였고. 책임자인 언인영은 바닥에 널브러졌으니……

후발대의 고창선이 드디어 저가 나설 때라고 오해할 만한 여지가 충분했다.

여기까지 쫓아오게 될 거라곤 상상도 못했을 고창선이

다 보니 마음이 엄청 급했을 터. 마지막일지도 모를 기회를 절대 놓치고 싶지 않았으리.

"흐응……."

유청이 고개를 갸웃거리며 무슨 애긴지 못 알아들은 척했다.

챙, 채앵!

그사이 칼 부딪치는 소리가 시작됐다.

추격대는 자기들을 돕기 위해 나타난 후발대의 존재에 고마움을 느꼈다. 그래서 그들과 함께 진유청 일행을 공격하는 데 초점을 맞추려 했다.

한데 좀 이상하지 않나?

어떻게 이렇게 딱 맞춰 나타날 수 있었을까?

후발대가 있다는 얘기는 듣지도 못했었는데.

심사가 복잡하니 검끝 또한 흔들렸다.

화산검수 한 명이 다른 데 정신을 판 채로 나채환을 상대하다 어깨를 깊숙이 찔렸다.

"커헉!"

나채환은 저에게 검을 들이민 상대를 봐주는 녀석이 아니다. 빨리 수습하지 않으면 추격대 인원 중 다치는 이가 늘어나리라.

"한수야, 그 노인네 진짜 기절한 거냐?"

기절한 척하는 거 아니고?

유청의 물음에 정한수가 녀석을 찌릿하게 째려봐 준 뒤 언인영에게 다가가 그를 부축했다.

"일어나십시오, 장로님. 어서요!"

돌아가는 상황을 보니, 지금이야말로 저 노인네가 필요한 때인 거 같은데…….

유청이 힐끔, 쓰러져 있는 언인영을 내려다봤다. 한수가 깨우려 노력하지만 일어날 기미가 보이지 않았다.

그를 대하는 한수에게서 별다른 적의가 느껴지지 않는 걸 보니, 좀 전의 일은 전적으로 유청 자신의 실수인 듯.

노인네가 무슨 의지를 그렇게 뜨겁게 다지는지. 유청에게는 정말 한수에게 해를 입히려는 장면으로 보였었다.

……진짜라니까?

설마 내가 한수 너를 미끼로 보내 추격대를 혼란스럽게 한 다음 저 노인네를 핑계 삼아 싸움을 부추겨서 후발대를 낚아 한번에 정리하기 위해서 일부러 그랬다고 생각하는 건 아니지?

유청은 쌜쭉하니 자신을 곁눈질하는 한수에게 자신의 결백을 증명하지 못하는 게 진심으로 아쉬웠다.

"왜? 못 일어나실 거 같아? 내가 '직접' 깨워볼까?"

어쨌든 오해라도 잘못은 잘못. 미안한 마음을 담아 유청이 목소리에 강세를 두자 언인영이 두 눈을 번쩍 떴다.

"안 그래도 되겠다. 일어나셨네."

정한수가 어이없다는 투로 말하더니 언인영을 일으켜
세운다.

"끄응."

언인영이 구부정하게 허리를 숙인 채로 불편하게 움직
이며 아픈 것을 시위했지만 별 소용은 없었다.

유청은 그에게 전혀 관심이 없었으니까. 대신.

"추격대에 장로님을 따르는 이들이 얼마나 됩니까?"

언인영의 변심으로 초래된 현 사태에 관해선 무척이나
신경을 쓰고 있었으니.

"잘 모르겠네만……."

언인영은 몇 명이라고 자신할 수 없었다. 사실 그는 추
격대의 의중을 알지 못했으니까.

여기까지 오는 도중 그들에게 매향각주를 버리고 자신
과 함께 소장문인 쪽으로 투항하자 권해볼까도 싶었지만,
그랬다간 반대하는 이들로 인한 이탈 인원이 생겨 추격대
가 공중분해되거나 자신의 목적이 후발대와 본진에 알려
질 위험이 있었다.

"에이. 맨 몸으로 오면 값 떨어질까 봐 힘들게 여기까
지 데려와 놓고 그렇게 뒤처리가 깔끔하지 않아서야 어쩝
니까?"

처음부터 섬서를 넘어올 때 추격대를 버리고 혼자 빠져
나와 일행을 찾아와 독대를 청했다면 이런 사달이 벌어지

진 않았을 것을. 저가 가진 걸 내세우려는 언인영의 욕심이 과했던 거다.

"반, 반은 될 걸세."

"반이라……."

유청이 미심쩍은 듯 그가 한 말을 되짚자 언인영이 다급히 말을 바꿨다.

"반까지는 어렵더라도, 적어도 삼분의 일은 될 거네. 나머지는 내가 설득하면 분명 넘어올 테고."

유청의 낯빛에 수긍의 기운이 깃들자 언인영이 안도의 한숨을 내쉬었다. 한데.

"그럼 얼른 시작하세요."

뜬금없는 재촉에 언인영이 당황해 되물었다.

"뭘, 말인가?"

"저기 안 보이세요? 후발대로 온 장로님이 어르신 물고기를 다 낚아가려고 하네요."

진유청이 턱 끝으로 고창선을 가리켰다.

"선발대는 후발대를 도와 함께 반도들을 잡아라! 우리가 화산의 정통이다!"

때마침, 쩌렁쩌렁 울려 퍼지는 외침에 언인영의 얼굴이 와락 일그러졌다. 언인영 자신이 장담한 인원을 채우려면 조금이라도 빨리 나서야 하리.

"흥! 쥐새끼처럼 선발대의 뒤를 노린 주제에 말은 잘도

하시는구려!”

유청의 도발로 인해 감정이 격앙된 탓인지 언인영의 말투가 꽤 거칠었다.

그런 만큼, 더 확 튄 것도 사실.

병장기 부딪치는 소리가 확 줄더니만, 좌중의 시선이 언인영에게로 향한다.

“언 장로. 우린 매향각주의 부탁으로 선발대를 도와주기 위해 먼 길을 왔소이다. 어찌 그런 말을…….”

노기로 인해 눈가를 부르르 떤 고창선이 언성을 높이지만 언인영은 단번에 잘라냈다.

“하남과 섬서의 경계에서부터 우릴 쫓아와 놓고 새삼 이제 나타난 이유는 뭐요?”

고창선은 대답하지 않았다. 그러나 동요한 것 같은 내색을 하지도 않는다.

고창선의 반응에 아랑곳않고 언인영이 힐난을 퍼부었다.

“후발대는 매향각주가 우릴 감시하라 보낸 이들이다. 우린 한 번도 화산을 배신한 적이 없고 언제나 기대에 부응하려 노력했는데 저들이 먼저 우릴 내쳤다. 어찌 동문으로서 그럴 수가 있단 말이냐!”

분위기가 착 가라앉으며 의혹에 찬 시선이 저를 향하자 고창선도 언성을 높이지 않을 수 없었다.

장로직에 어울리지 않는 드잡이질이 시작된다.

"언 장로! 진실을 매도하지 마시오. 그런 일 없었소! 우린 그저 선발대를 돕기 위해 왔을 뿐이오!"

"대장로와 매향각주가 장문인께 누명을 씌운 거야말로 진실을 매도한 짓이었소. 내 그동안은 대장로와의 인연으로 침묵하고 있었으나 이 가슴은 썩어 들어갔음을 밝히오. 저분이 짓지도 않은 죄로 화산을 떠나 강호를 떠돌 때 나는 눈물로 저분의 앞길을 닦아주었소!"

화산검수나 일반 제자들 사이에서 떠도는 근거 없는 소문으로라면 모를까 장로급의 입에서 튀어나와선 안 될 이야기가 언급되자 고창선의 안색이 붉으락푸르락해졌다.

말도 안 된다 부정하던 소문에 날개가 달렸으니, 화산이 한 바탕 몸살을 앓을 터.

고창선 자신과 다른 이들은 물론, 언인영 저도 자유로울 수 없는 죄를 제 입으로 발설하다니. 어떻게든 살아남을 방도를 찾는 시도는 좋았으나 너무 과했다.

넘쳐흘렀다.

그리고 여기, 고창선이 놀란 것 못지않게 당황한 이가 있었으니.

"장문인께서 한수랑 밟고 나온 길이 저분 눈물로 닦인 길이었데요. 그래서 그렇게 재수가 옴 붙었었나 봐요."

당양에서 일이 좀 많긴 했었다.

진유청이 입을 쩍 벌린 채 굳어 있는 소운찬을 다독인다.

기껏 투항한 뒤에도 장문인인 소운찬 쪽으론 눈길 한 번 안 주고, 앞으로 실질적으로 화산을 이끌 정한수와 모든 이야기를 나눈 언인영이 한 말치곤 상당히 뻔뻔하긴 했다.

"당장 닥치시오!"

고창선이 화를 내는 게 이해가 될 만큼.

언성을 높인 채 서로를 긁어대는 두 사람의 목소리를 제외하면 주위가 고요했다.

추격대와 후발대는 자기들의 책임자이자 자파의 장로들의 다툼에 놀랐는지 완전히 손을 멈춘 상태.

상황이 묘하게 돌아가니 나채환과 초린대도 뒤로 빠져 유청의 옆으로 가고, 소운찬을 따르는 화산의 제자들은 한수 곁에서 흘러가는 추이를 지켜본다.

"고 장로도 더는 매향각주에게 놀아나지 말고, 화산을 위해 정신을 차리시구려. 그러다 대장로 꼴 나지 마시고."

대장로 악기태? 그는 병환 중이라 하던데, 그게 아니었던 건가?

공기가 요동친다. 특히나, 정한수에겐 너무나 직접적인 연관이 있는 이들이라 그랬는지 날 선 기운이 뿜어져 나왔다.

고창선은 어서 언인영의 입을 막아야겠다고 생각했다. 저대로 두면 계속 이런저런 얘기를 지껄여 화산과 고창선 자신의 입장을 난처하게 할 게 아닌가.

"언 장로가 반도들과 결탁해 화산의 이름을 모욕하기로 한 모양이니, 더 이상 헛소리에 귀 기울이지 말고…… 쳐라!"

언인영도 지지 않았다.

"추격대야말로 우리를 우습게 보고 거짓을 호도한 매향각주의 앞잡이인 고 장로와 후발대를 막아서라! 명분은 우리에게 있다!"

그는 은근슬쩍 추격대를 제 밑에 넣은 채 소운찬에 대한 충성을 외친다.

추격대도 우왕좌왕했지만, 후발대도 마찬가지였다. 추격대 전체와 싸워야 하는 건지, 아니면 언인영 개인이 목표인지 명확하지 않았으니까.

"현재 화산의 가장 웃어른인, 대장로의 후계자이자 매향각주가 직접 명령을 내린 우리 후발대를 막아서는 이는 화산의 반도로 취급해야 옳으니. 추격대 중 물러서는 이는 후에 죄를 묻지 않을 테지만 그렇지 않은 이는 화산에서 축출될 걸 각오해야 할 것이다!"

정리가 됐다.

후발대에 서서 공격하는 이는 고창선에게 동조하는 제

자들. 선발대에 서서 그들을 막는 이는 언인영의 편에서 장문인을 지키기로 결심한 이들인 것이다.

"뭐하나! 어서 쳐라!"

쉬이 뒤섞이지 않고 대치한 채 간격을 두고 있는 두 무리 중 고창선은 후발대의 제자들 먼저 채근했다.

진유청의 무위는 고창선도 목도한 바 있다. 그냥은 덤벼서 이길 수 있는 상대가 아니었다.

만약 언인영이 이리 미쳐 날뛰지만 않았어도 고창선에겐 진유청을 처리할 계획이 있었다.

적을 기습해 허점을 노린 뒤 싸움에 진 추격대의 기세를 살림과 동시에 그들의 인원을 흡수해 진유청을 제거할 기회를 노리는 것이다. 다 망쳐 버리긴 했지만.

고창선은 언제 진유청이 나설지가 불안해, 최대한 빨리 일을 진행하고 싶었다.

일단 언인영만 죽이고 뒤로 빠지면 되리라.

진유청은 몰라도 소운찬이나 정한수는 화산의 제자들에 대한 애착이 남다를 테니, 그들을 내세워 상처를 치료하고 더 이상 따라가지 않겠다고 약속하면 그냥 보내줄 가능성이 높았다.

저들이 화산에서 도주한 이후부터 지금까지 몇 번의 전투가 있었지만, 자기들이 더 약세임에도 불구하고 최대한 살상을 자제하고 피를 보지 않으려 애썼다는 게 근거다.

그러니까…….

"죽여!"

고창선이 카랑카랑한 목소리로 외침과 동시에 검을 들고 언인영을 향해 뛰어가자 추격대와 후발대 사이에 그어져 있던 보이지 않는 금이 흙먼지에 덮인다.

터진 둑에서 쏟아져 나오는 물처럼 휘몰아쳐 뒤섞인 제자들은 각자 자기의 선택에 따라 이동했지만 제법 많은 수의 제자들은 어떤 결정도 내리지 못한 채 혼란스러워하다 싸움에 휘말렸다.

순식간에 아수라장이 된다.

"……우린 이제 뭘 하면 되지?"

나채환이 고개를 갸웃거린다.

자신들의 싸움이었는데, 한순간 방관자가 된 거다.

"그러게. 저들이 과연 어떤 선택을 할지 궁금하긴 한데…….."

그냥 결과를 기다리며 구경이나 하고 있다간 애가 타서 죽을 사람이 옆에 한 무더기였다.

말끝을 흐리던 진유청이 결국 한수의 등을 떠밀어 줬다.

"편 좀 나누어지면 끼어드는 게 낫겠지만, 어쩌겠냐. 가라, 가."

한수는 어찌나 마음이 급했는지 뭐라 대답도 없이 얼른

선발대와 후발대 사이로 끼어들었다.

소운찬과 다른 화산 제자들도 마찬가지.

카앙!

위험하게 짓쳐 드는 검은 튕겨내고 다친 이는 뒤로 끌어내 상처를 치료한다.

어쩔 수 없이 가는 길이 달라 검을 마주하지만, 이렇게 누가 적인지조차 명확하게 구분 짓지 못하는 제자들에게까지 그런 걸 강요하는 건 너무 가혹하지 않은가.

소운찬은 다친 이들을 보살피며 중얼거린다.

"누구의 아래 서 있더라도 발 딛고 있는 곳이 화산임은 변치 않는 사실이다."

이들 모두는, 자신들 전부는 화산의 제자였다.

언인영의 이야기에 충격을 받은 상태에서, 하늘 같은 장문인을 서슴없이 모욕하고 검을 갖다댄 자신들을……

그래도 화산의 제자라며 감싸주는 소운찬의 모습에 감동한 이의 수가 늘어났다.

조금씩, 추격대의 부피가 커지더니 이내 후발대를 넘어설 정도로 부풀었다.

"하하하하!"

그 사실에 고무된 언인영이 커다란 웃음을 터트린다.

설마 저게 노인네, 당신 때문이라고 생각하는 거야?

"저건, 진짜 아니다."

유청이 혀를 차며 고개를 설레설레 내저었다. 유청이
먼저 기가 질리는 일은 극히 드문데, 언인영의 하는 짓이
엄청나게 보기 싫긴 했던 모양.

천천히 전투가 소강상태에 접어들었다.

“저렇게 그냥 두고 가도 되겠습니까?”

고창선과 후발대로 남은 화산 제자들을 보며 언인영이
소운찬에게 물었지만 실상은 진유청에게 하는 말이었다.

그는 이 일행의 우두머리가 진유청이란 걸 이제 확실히
알게 됐으니까. 하지만.

“그럼 데려가는 게 낫겠습니까? 우리도 어차피 화산에
가는 길인데…… . 다친 이들도 있는데 저들을 이리 두고
가는 건 저도 마음이 편치 않을 거 같습니다.”

소운찬에게서 감당 못할 대답이 돌아온다.

“상황이 달라지면 우리에게 즉시 검을 들이댈 놈들을
데려가자는 말씀이십니까?”

“그렇긴 하지만, 언 장로님께서도 저들이 걱정이 돼 하
신 말씀 아니십니까?”

소운찬은 조금의 거짓도 담기지 않은 얼굴로 언인영을
바라봤다.

“마, 맞습니다…… .”

이 상황에서 누가 아니라고 할 수 있겠나? 그리 말하는

순간, 자신은 쓰레기가 될 터인데.

"저와 같은 생각을 하고 계셨다니, 잘됐습니다."

소운찬의 얼굴에 미소가 깃든다.

이거야 말로 동문서답(東問西答). 그러나 우문(愚問)에 현답(賢答), 아니겠나.

언인영은 주위를 둘러봤다. 자신을 도와줄 이를 찾기 위해서. 그러나 알아서 하라는 듯이 하나같이 그를 외면한다.

그렇다고 정말 고창선과 후발대를 다 데리고 이동할 순 없는 노릇이고. 소운찬에게로 돌아선 인원이 전체의 삼분의 이 정도가 되긴 했지만 알짜배기 화산검수들의 비율은 저쪽이 더 많았으니까.

추격대로 후발대를 감시하고 아우르기엔 시간이 너무 지체될 게 뻔했다.

똥마려운 강아지마냥 끙끙대던 언인영이 결국 두 손 다 들어 버렸다.

"먹을 만한 것과 약을 충분히 주고 가면 어찌 견디지 않겠습니까? 큰일을 도모함에 있어서 소소한 것에 너무 마음을 뺏기는 것도 좋지 않습니다."

언인영은 고창선과 후발대를 죽여 자신들을 쫓아오거나 뒤에 남아 전용후에게 보태지는 힘이 되지는 않게 해야 한다는 주장은 꺼내보지도 못했다.

"흐음. 언 장로님의 말씀처럼 대를 위해서니, 어쩔 수 없겠지요."

소운찬이 안타까운 듯이 대답했다.

옆에서 언인영의 얼굴이 각양각색의 빛깔을 내뿜으며 다양하게 변화하는 장면을 지켜보던 진유청은 왠지 고소한 기분을 느꼈다.

저 치도 잘하면, 희게 될 수 있을까?

그건 확신할 수 없지만 최소한, 흰 척은 하게 될지도.

독하지 않다고 해서 남에게 만날 속아 넘어가는 바보는 아니다. 특히나 한수는 오히려 아주 똑똑한 녀석이지.

언인영도 지금의 저 모습이 저가 앞으로의 화산에서 버틸 수 있는 유일한 방법이란 걸 깨달을 때가 그리 멀지 않을 것이다.

어쨌거나 지금은.

"추격대와 후발대의 일을 한번에 해결하게 돼서 참 다행입니다."

그것도 큰 피해 없이 말이다.

오늘의 일로 소운찬이 얻은 지지자들과 비록 반대편에 서긴 했지만 가슴 한편에 의혹의 씨앗을 심게 된 화산검수들에게 어떤 작용을 할지는 조금 더 두고 보면 알 일.

당장 눈에 보이는 것보다 그게 더 큰 효과가 있을 거란 걸 모르는 이는 없으리라.

유청의 기분 좋은 얼굴을 보며, 언인영의 머릿속에 녀석과 마주했다 깨져 나갔던 여러 인물의 면면이 그려졌다.

그리고 뒤이어지는 세 글자. 소악마(小惡魔), 진유청.

언인영은 절대 그의 비위를 거스르는 일이 없도록 하자 다짐한다.

아직도 발자국이 다 지워지지 않은 오른쪽 뺨이 욱신거렸다.

第七章

관(官)의 무사(武士)들!

“매향각주님, 오셨습니까?”

마중 나온 화산검수들을 보며 전용후가 고개를 끄덕여 인사를 받은 뒤 물었다.

“새로 들어온 소식은 없나?”

“네. 여전히 행방이 묘연합니다. 저희도 명령을 받은 이후 인근을 샅샅이 뒤지고 있습니다만 꼬리도 보지 못했습니다.”

수석검수인 마창기의 대답에 전용후의 긴 눈초리가 가늘게 접힌다.

놈들 때문에 사부를 본진에 두고 먼저 길을 나서는 무리수까지 둔 참인데 행방을 찾을 수가 없다니!

“고 장로님께선 별다른 말씀 없으시고?”

“여전히 처소에서 한 걸음도 나오지 않고 계십니다.”

“이번 기회에 푹 쉬시려는 모양이군.”

전용후가 가볍게 코웃음을 쳤다.

기세 좋게 지원군까지 받아서 후발대로 나서더니만 제대로 보고도 없이 쫄래쫄래 놈들을 쫓아가서 박살이 나서 돌아온 거다.

그것도, 화산 내 분위기를 뻔히 알 텐데 앞뒤 재본 뒤 본산으로 기어들어 올 게 아니라 가장 뒤처져서 이동하는 본진으로 돌아가 대기하고 있을 일이지.

제 몸뚱이 하나 편히 눕히는 게 목숨 줄 지키는 것보다 더 중요했던지, 아니면 전용후가 본진을 떠나 저를 찾아 나섰다는 걸 몰랐던 건지.

“고 장로와 함께 돌아온 후발대의 처리는? 시킨 대로 했나?”

언인영의 배신으로 인해 전용후가 받은 타격은 컸다.

특히나 장로의 입으로 언급된 패륜은 씻을 수 없는 오점으로 남게 되리.

마창기에게서 본산으로 온 후발대와 고창선에 대한 보고를 들었을 때 전용후는 진심으로 멍청한 두 장로를 죽여 버리고 싶었었다.

그에게서 뿜어져 나오는 살기가 어찌나 강한지 그를 수

행해 나섰던 제자들이 깜짝 놀라 마른침을 삼켰을 정도.

전용후는 누군가의 잘못에 관대한 편은 아니나, 여러 해 사부와 장로들의 뒤치다꺼리를 하며 웬만한 건 드러내지 않고 눌러둔 채 넘어가는 법을 능숙하게 익혀둔 터였다.

그런 그가 제어가 어려울 만큼 감정을 드러냈으니 분노가 얼마나 컸을지에 대해 짐작할 수 있게 했다.

"말씀하신 대로 반도들로 인해 마음이 어지럽혀져 심신 수련을 해야 한다는 핑계로 격리해 두었습니다만, 언제까지 핑계가 통할지 모르겠습니다."

이미 그들 자신도 자신들이 왜 다른 제자들과 떨어져 있어야 하는지 알고 있는 듯.

더욱 큰 문제는, 반도들의 흔적을 찾으며 수색을 하느라 여기저기로 이동하던 전용후에게 사람을 보내 보고를 하고 답을 받아오기까지 걸린 시간 동안 후발대에 속해 있던 제자들이 큰 제지 없이 화산 내부를 돌아다녔다는 것.

전용후를 거치지 않은 명령은 효력이 크지 않은지라 그들을 제제할 수단을 강구하는 게 쉽지 않았던 탓이다.

"조금만 더. 반도들을 잡아 처리할 때까지만 버티면 된다."

그 뒤엔 어떠한 말이 나오든 조용히 잠재울 자신이 있

었다.

“알겠습니다.”

마창기가 대답했다.

그도 얼마나 속이 답답했으면 화산 인근이라곤 하나 제법 거리가 있는 여기까지 마중을 나왔나 싶어 전용후의 무표정한 낯빛에 그늘이 드리운다.

마창기가 안됐다거나 걱정돼서가 아니라, 저가 의도한 대로 흘러가지 않는 현 상황에 대한 반감을 드러내는 거다.

가장 높은 위치에 있는 이가 입을 다무니 소란스럽게 분위기를 흐트러트리는 이가 없다.

침묵 속에 간간이 흙바닥을 스치는 발자국 소리만 되풀이됐다. 그렇게 얼마나 걸었을까.

“으음?”

전용후가 미간을 찡그린다. 그의 시선이 멀찍이서 자신들을 비켜가는 한 무리의 병사들에게로 향했다.

저들은?

“관군입니다.”

전용후의 의아함을 읽었는지 마창기가 묻지 않은 말을 한다.

“그걸 몰라서 묻는 게 아니지 않나.”

서늘한 눈길이 저를 향하자 마창기가 황급히 머리를 조

아렸다.

"아…… 죄송합니다. 범죄를 저지른 이들을 찾고 있다며 화산 인근에 자릴 잡고 수색을 계속하고 있는 관군들인데 꽤 시간이 지났는데도 성과가 없는 모양입니다."

전용후는 저들이 연이상단주가 보내온 병력이란 걸 알고 있기에 새삼 놀라진 않았다. 다만.

"본산과 가까운 곳에서 관군이 움직이는 걸 보니 그다지 유쾌하진 않군."

연이상단주가 노리는 게 초린대고, 그들을 잡기 위한 함정이 성도 서안에 있다면 굳이 여기까진 신경 쓰지 않았어도 될 것을.

그게 아니라 시늉만 해보려는 거라면 좀 덜떨어진 놈을 보내던지, 수색은 핑계요 대충 주변이나 살펴보며 쉬다오라 언질이라도 미리 줘서 보내던지.

스쳐 지나가며 본, 중년 사내의 눈빛은 형형하고 곧기 이를 데 없어 전용후가 방금 떠올린 두 가지 경우 모두에 해당하지 않아 보였다.

저런 이를 이곳에 보내 처박은 이유가 대체 뭐란 말인가?

연이상단주의 속셈은 알기가 어려웠다.

"그렇지 않아도 저들과 본산 제자들 사이에 다툼이 약간 있었습니다."

“그래?”

“네. 우리 쪽에서도 반도들을 잡기 위한 수색이 연일 이어지고 있고, 저들 또한 자기들이 찾아야 할 사람들이 있다며 여기저기를 확인하고 다니니…… 몇 번 마주친 적이 있습니다.”

한정된 공간 안을 들쑤시고 다니는 두 무리. 그것도 양립할 수 없다는 관과 무림.

여간 껄끄러운 상대가 아닐 수 없었다.

“그래서 자네를 아는 듯했군.”

“윤 천호님을 말씀하시나 봅니다.”

통성명까지 했다면 안면도 익힌 게 맞으리. 전용후가 잘못 느낀 게 아니었다. 한데.

“천호라. 생각보다 품계가 높군.”

이런데 처박아 둔 것치곤 확실히.

전용후는 고개를 돌려, 윤 천호란 인물이 자신들과 길 한가운데서 마주쳐 어색한 상황을 만들지 않기 위해 방향을 튼 지점을 응시했다.

꽤 쓸 만한 인물인 듯.

“한 번 보시면, 각주님께서도 마음에 들실 겁니다.”

관에 몸담은 이 치고는 괜찮은 이였다.

“내가 관과 섞일 일이 무어 있다고. 자네도 그들과 안면을 텄다 하여 계속 어울리는 일은 없길 바라네.”

전용후가 마창기에게 당부했다.

화산이 정리만 되면 연이상단주와는 완전히 결별할 것이다. 관과 얽히는 일 따위 앞으로의 화산에선 단연코 없어야 했다.

"여부가 있겠습니까. 조심하도록 하겠습니다."

마창기는 짧은 반박도 없이 바로 대답했다. 그래서 전용후는 마창기와의 대화가 편했다.

"뉘 집 자식인지 아주 훤합니다!"

조겸이 얼핏 본 전용후를 떠올리며 혀를 내둘렀다.

저와 몇 살이나 차이가 날까마는, 나이로 문제 삼을 필요가 없을 만큼 특별해 보였다.

제법 알아준다 하는 나리님들도 여럿 보았지만 저만한 인물은 딱히 떠오르는 이가 없었던 것이다.

풍기는 기운 자체가 달랐다고나 할까?

윤중현도 조겸의 생각에 동의하는 듯.

"그러게 말이다. 대단했다."

짧은 스침이었지만 최소한의 것은 읽을 수 있었고. 그만큼으로도 이렇게 말하기에 충분한 수준이었으니까.

"저놈들에게 따로 훈계 한 번 내려야겠습니다."

"누구? 강 천호 밑에 있다 새로 배속받은 백호들 말이냐?"

“예. 자기들끼리 뭉쳐 다니며 진지 분위기를 해치는 것까지야 아직 낯설어서 그런가보다 하겠는데…… 방금도 보시지 않으셨습니까? 무림인들이 나타나니 바로 칼 들고 설치려 드는 거요.”

다행히 수색 중 몇 번 마주쳤던 경험이 있는 화산의 수석검사라는 마창기의 얼굴을 확인한 조겸이 정색을 하며 백호들을 말렸으니 망정이지 아니었으면 큰일이 일어났을지도 몰랐다.

“수석검사라는 직위가 화산검수들을 관리하는 높은 위치라 하던데. 그런 이가 직접 여기까지 마중을 나올 만한 인물이면 화산의 중요한 이가 분명할 텐데 아무 일 없이 끝나 다행이다.”

“언제 또 그러지 말란 법 없지 않습니까.”

그리고 그때도 이번처럼 조용히 넘어갈 수 있으리란 법도 없다.

“그렇게까지 앞뒤 못 가릴 이들처럼은 보이지 않았는데.”

“그런데 그러니까 미치는 겁니다. 아무래도…… 이상합니다.”

조겸이 저가 찍은 백호들을 은근히 노려보며 중얼거렸다.

자꾸만 눈에 거슬리는 것이 주의해야 할 거 같았기 때

문이었다.

"다들 푹 쉬셨을 텐데, 왜 이렇게 굼뜨세요?"

유청이 산뜻한 얼굴로 묻는 말에 일행이 그를 노려본다.

"긁느라 한 잠도 못 잤거든? 으으! 간지러워."

정한수가 몸을 벅벅 긁는다. 대체 거긴 청소를 일 년에 한 번은 하는 걸까?

"이따 불을 피우면 벌레 물린 부분 가까이 뜨거운 걸 가져다대거라. 피부에 닿지 않게 조심하면서 한 김 뜨겁게 해주면 덜 간지러워지니까."

소운찬의 말에 정한수가 고개를 끄덕였다.

산적 소굴에서 나온 지가 벌써 며칠인데 아직도 후유증이 가시질 않으니 괴로웠다.

"에이. 공짜로 먹여주고 재워주고 숨겨주고. 그런 데가 어디 있다고 이렇게 툴툴대?"

유청이 흔적을 완벽하게 지운 방법이다.

한시가 급한 상황, 모두 눈이 시뻘개져서 섬서를 돌아다닐 때 유청은 굴을 파고 들어가 누웠다.

꼭대기로 치달은 기운이 서서히 힘이 떨어지길 기다린다.

거기에 더해, 후발대의 제자들이 가슴에 품어 간 씨앗

이 싹을 틔고 다른 이들에게 꽃씨를 전달할 때까지 충분히 묵혀두기 위해서 늦장을 부리며 무리를 한 것이었다.

추격대와 후발대와 싸움이 일었던 현장에서 멀어질 땐 유청의 심안을 이용해 최대한 인적이 드문 길로 흔적을 남기지 않은 채 움직였고. 머물 곳을 찾는 건 더욱 쉬웠다.

돈 있는 티를 팍팍 내며 소장문인을 앞세워 산에 오르기만 하면 됐으니까.

사람 좋아 보이고 귀티가 나는 소장문인은 산적들이 아주 선호하는 손님이었던 모양.

덕분에 몇 군데 산채를 무리 없이 돌아본 뒤 적합한 곳에 머물렀다.

물론 그 적합성에 청결이나 음식 취향 같은 소소한 건 전혀 고려되지 않은 터라 이렇게 유청을 향한 원성이 자자해진 거였다.

유청이야 그런 사실에 대해 전혀 개의치 않았으니 별 상관없었지만 말이다.

"그래도 그 산적 아저씨들, 꽤 괜찮았는데."

자신들이 산채를 떠날 땐 혹시 길을 잃거나 배가 고프거나 노잣돈이 떨어진 게 생각나 되돌아올까 봐 만반의 준비를 다 해놓은 뒤 한 짐 가득 챙겨주었다.

달수 아저씨네 만큼은 아니지만, 피 냄새도 별로 안 나서 지내기도 나쁘지 않았고.

반가운 이야기도 들었다. 이현 형님이 했던 두 번의, 그중 한 번은 유청 자신의 가출사건으로 인해서였지만, 강호행에 관해서 말이다.

산적들이 절대 만나선 안 될 두 사람 중 한 명이 철면 검객이라니 형님이 협행을 제대로 하긴 하신 듯.

그리고 나머지 한 명은…… 유청은 처음엔 자경이 형이나 웅이 형일 거라고 예상했었다. 한데 전혀 뜻밖의 인물이었으니.

바로 유청 자신.

전해지는 이야기에 따르면, 도를 지나친 산적질로 백성들에게 피눈물이 나게 한 산적들에게만 나타난다는 동자신(童子神)이라는데…… 그냥 보기엔 평범한 아이 같지만 멋모르고 덤벼 비위를 상하게 하면 고자(鼓子)가 되는 형벌을 내린다고 했다.

아아, 그게 대체 언제 적이냐?

학관에서 가출해서 북경으로 가던 중 만난 산적들과 있었던 일이니 족히 칠팔 년은 됐음 직한데. 그게 아직까지 이어져 내려와 전설이 되다니.

이거 웃어야 할지 말아야 할지 참 애매했다.

오죽했으면 저 채환이 녀석이 칠팔 년 전쯤 출몰했다는 속칭, 고자신(鼓子神) 얘기를 듣고 밥을 먹다 사레가 들려 얼굴이 시뻘게진 채로 바닥을 나뒹굴지 않았겠나.

근래 이런저런 일들로 이현 형님의 이름이 널리 알려지고 유청 자신도 곁다리로 여기저기서 회자되고 있긴 했지만, 그와는 별개로 산적들에게까지 전설적인 인물로 추앙받고 있었다니.

절대 마주치고 싶지 않은 둘로 전해지는 자신들이 형제인 줄 알면 산적들은 아마 기겁을 하여 뒤도 안 돌아보고 도망쳐 산적질을 그만둘지도 몰랐다.

하남 진가장이 산적들의 공적이 되는 순간이 되겠지.

달수 아저씨는 왜 이런 재미있는 얘기를 안 해줬을꼬?

그분은 처음부터 산적으로 잔뼈가 굵지 않아서 잘 몰랐을 수도 있겠다 싶긴 하지만…… 차마 아는 척할 수 없어서 입을 다문 걸지도.

말이야 바른 말이지. 동자신(童子神)까지야 이해하지만, 고자신(鼓子神)은 유청 자신도 좀!

"화산이 보인다."

혼자서 온갖 잡생각에 빠져 있던 유청의 귀에 소운찬의 목소리가 들렸다.

"돌아왔습니다, 장문인."

한수가 입술을 질끈 깨문 채 벅찬 얼굴로 대답했다.

저기서 도망칠 때만 해도 앞으로 뭐가 어찌 될지, 모든 게 불확실하고 두려웠었는데 이렇게 다시 당당하게 마주설 수 있으니 속에서 뜨거운 게 왈칵 치밀어 올랐다.

이 모든 것을 가능하게 해준, 유청이에게 너무나 고마웠다.

한수가 화산의 공기를 마음껏 마시며 양팔을 넓게 벌리려다가 표정을 딱딱하게 굳혔다.

"피 냄새다."

한수를 대신해 유청이 주위 사람들에게 알려준다.

가볼까?

한수와 유청의 눈이 마주친다. 녀석의 물음에 유청이 고갤 끄덕였다.

기척을 죽인 일행이 싸움이 벌어지고 있는 곳으로 조용히 움직였다.

"우리의 신분을 밝혔음에도 막무가내로 나오다니. 정녕 관(官)이 무림(武林)에 관여하려 함인가!"

점창 장문인 최석이 노기를 내비쳤다.

그는 좋은 게 좋다고, 처음 관군이 자신들을 가로막았을 때도 연이상단에서 인사를 겸해 얼굴을 내비치려 함이라 해석하려 했다.

백호 직위의 사내 몇이 건방을 떨며 앞으로 나서서 시비를 걸 때도 한 번은 참았고.

하나 거기까지다. 차라리 은밀히 뒤로 쑤셔대면 모르는

척 덮어뒀다 나중에 써먹기라도 하겠지만…… 이리 무식
한 방법으로 대놓고 찔러 오면 눈감아 줄 수가 없다.

장문인은 한 문파의 주인으로서 누군가 공격해 오면 막
아서는 모습을 보여 자파의 제자들에게 신뢰를 얻어야 하
니까.

"우린 그저 명령에 따를 뿐입니다."

백호 중 한 명이 계속해서 같은 말만 되풀이하더니 손
에 들고 있던 창끝을 최석이 있는 쪽으로 향했다.

살면서 이렇게까지 자신에게 무례를 범하는 놈을 본 적
이 없었던 최석의 눈에서 불똥이 튀었다.

저들은 어차피 순순히 자신들을 놓아 주지 않고 계속
꼬투리를 잡을 것처럼 보였으니…… 더 두고 볼 필요는
없겠지.

최석이 손짓을 하자마자, 점창의 자랑이라는 영한대가
나서서 관군들에게 검을 뿌렸다.

아무런 경고도 없이 너무나 순식간에 벌어진 일.

채채챙!

거친 바람에 휩쓸린 작은 종 수백 개가 사방에 매달려
동시에 흔들리는 것 같다.

최석은 만족한 표정을 지었다.

손을 안 썼다면 모르되, 썼다면 깨끗하게 흔적을 지워
야 한다.

연이상단주에게는 따로 항의를 한 뒤 서로 한 걸음씩 물러나는 걸로 합의를 해야겠지.

"으아악!"

비명 소리가 난무한다.

대부분이 관에 속한 병사들의 것이었다.

일반 병사들과 무림인의 차이는 일일이 논거하기가 어려울 정도니 이런 결과는 너무나 당연한 일.

무공을 익히는 게 삶 대부분의 가치를 차지하고 결정하는 무림인들은 한 명 한 명이 강자이자 특별한 존재였고. 병사들은 아무리 집단으로 달려들어도 그들 중 한 명을 상대하기가 어려웠다.

그나마 백호쯤 되는 이들은 영한대와 검을 겨룰 정도는 되는 수준이었지만 말이다.

"그만! 그마안!"

수백호 조겸이 멀리서 이 참상을 발견하고 놀라 달려오지만 이미 늦은 후였다.

"결국 사고를 치는군!"

조겸이 걱정스레 찍어 두었던 백호들의 얼굴이 보였다.

아무리 감시를 한다 해도 항상 뭉쳐 다닐 수도 없고 인근을 수색하라 하고 흩어졌더니만 고새 이런 짓을 벌였다.

쿠웅!

조겸을 따라온 윤중현이 얼굴을 굳히더니 발을 크게 들

어 올렸다가 바닥을 내리 찍어 큰소리를 울렸다.

"나는 나라의 녹을 먹는 천호 윤중현입니다! 무슨 오해가 있었는지는 모르겠지만 일단 검을 거두십시오!"

탕, 탕!

좌중의 시선이 그에게 향하자 최석이 들고 있던 검의 손잡이 방향으로 옆에 서 있던 마차를 두들겨 주의를 환기시켰다.

그리고 나직한 목소리로 입을 열었다.

"지워라. 깨끗하게."

벌써 죽은 병사들이 여럿이다. 오해라며 좋은 얼굴로 헤어지기엔 늦은 거다.

윤중현과 최석이 서로를 마주 본다.

"점창의 장문인이라 합니다."

조겸이 인근 병사들에게 들은 내용을 윤중현의 뒤로 다가가 조용히 속삭였다.

윤중현이 잠시 할 말을 잃는다.

아무리 무림에 대해 관심이 없고 정반대되는 곳에서 살아간다곤 하나 사내로서 무공을 익힌 자가 어찌 점창파를 모를까.

맞은편에 서서 비열한 웃음을 짓고 있는 이가 천외천이라는 무림문파 중 점창파의 주인이었던 것이다.

"황 대인께서 섬서에서 불온한 움직임을 보이니 필히

제거해야 한다고 명했던 무림인 무리가 설마 저들인가?”

윤중현의 중얼거림에 조겸이 기겁을 한다.

“윤 천호님과 저희들만으로 점창 장문인이 포함된 무리를 상대하라고 한 건 그냥 죽으란 소리 아닙니까?”

그것은 황학용에게 이번 일과 관련해 숨겨둔 꿍꿍이가 있다는 뜻이 될 터인데.

아니면 이들을 제외하고도 다른 무림인들이 섬서로 더 유입된 건가?

“일단, 살아남은 다음 알아보도록 하지. 이번엔…… 제대로!”

전세가 기운 데다, 무공의 차이도 커서 그럴 수 있는 가능성이 얼마나 될지는 모르겠지만.

최석을 노려보며 중얼거린 윤중현이 무기를 들고 전장 속으로 뛰어들었다.

“흩어지지 마라! 함께 공격해!”

무림인들에겐 무림인들의 방식이 있듯, 병사들에게도 자신들에게 맞는 싸움법이 있다.

윤중현이 수하들을 독려하며 무기를 휘둘렀다.

그리고 잠시 뒤, 유청 일행이 피 냄새를 맡고 도착했다.

일행이 손등으로 눈을 비볐다.

관군과 무림인들이 뒤엉켜 싸우고 있다? 게다가 관군은

완전히 수세에 몰려 저대로 있으면 곧 전멸할 것처럼 보였다.

"화산인가?"

유청이 고개를 갸웃거렸다. 화산이 지척인데다, 내분이 일어 혼란스러운 이곳에 저만한 규모의 무림인들이 드나드는 건 정상적인 일이 아니었으니까.

하나 유청의 추측이 틀린 듯.

"아니네. 저들은 화산이 아니라 점창이라네."

언인영이 냉큼 다가와 궁금증을 풀어줬다.

"점창이요?"

어? 그러고 보니 정말이네?

점창 장문인 최석의 얼굴이 눈에 들어왔다. 유독 튀는 힘이 하나 있다 했더니 그의 것인 듯.

그렇다면 저들은 유청 일행을 쫓아 무림맹에서 나온 인의회란 뜻인데 왜 전용후는 없는 거지?

전용후가 후발대를 쫓아 먼저 본진에서 나왔다가 헛손질을 한 채로 화산 본산으로 갔다는 걸 모르는 유청이 고개를 갸웃거린다.

"저 마차는 뭡니까? 화산의 표식인 매화문장도 찍혀 있고 마차 자체도 무지 비싸 보이고……. 안에서 느껴지는 음험한 기운은……. 아아. 악 대장로님의 마차인가 봅니다."

조금의 유추로 마차 안의 인물을 맞추자 언인영이 더 놀랐다.

"맞네. 어찌 알았는가?"

좀 전에 다 설명했는데, 다시 하라니 귀찮다.

손사래를 친 유청이 그냥 넘어갔다.

유청은 한수를 찾아 녀석에게 대장로가 있는 마차를 가르쳐 준 뒤 상황을 살폈다.

저들도 유청 일행의 등장을 눈치챘는지, 손이 조금씩 느려지고 있다.

자, 이제 어쩐다?

유청은 고민했다.

점창과 관군, 은 즉 인의회와 연이상단으로 나뉜다. 그리고 유청과 일행은 그 둘 모두와 친하지 않았고.

"저 둘은 동맹 관계일 텐데, 왜 싸우고 있지? 뭔가 틀어졌나?"

한수가 의아해하는 부분이 유청에게도 마음에 걸린 가시였다. 한데 다시 생각해 보니 너무 간단한 거다.

어려울 게 뭐 있겠나. 한수가 한 이야기, 그 자체가 답이었다.

"우리가 또 어려움에 처한 분들을 모른 척하고 그냥 갈 만큼 매정한 사람들은 아니잖아, 그치?"

저들과 자신이 남도 아니고. 아주 더럽게 얽혀 있어 이렇게 만나니 참 반가웠다.

이 반대의 경우로, 자신들이 싸움을 하고 있었다면 절대 마주치고 싶지 않았겠지만.

"그래. 그러면 안 되지. 게다가 저기엔 내 사부님도 계시잖아."

정한수가 착 가라앉은 눈빛으로 마차를 가리켰다.

"응. 화산으로 갈 건데 네가 직접 모시고 가는 편이 낫겠지."

점창의 손에 들려서가 아니라.

유청이 동의했다.

"어디냐?"

나채환이 공격해야 할 쪽을 묻는다.

"당연히 더 재수 없는 놈이 있는 곳이지."

유청의 말에 나채환의 시선이 자연스레, 오른편 마차가 세워진 곳에 서 있는 최석에게로 향했다.

"얼른 도와주지 않으면 다 죽겠다, 빨리 움직이자."

유청이 나채환을 툭 친 뒤 가볍게 지면을 박차고 솟구쳐 올라 관군이 몰려 있는 쪽에 내려섰다.

"무림인들이 관의 편에 서다니!"

유청 일행의 동향을 살피던 최석이 싸늘하게 뱉어내는 말에 유청은 어이가 없었다.

"그러시는 어디의 누구는 관과 연관된 상단에서 받아먹

은 돈이 하도 많아서 요즘 점창에 새로 짓는 전각엔 금칠
이 돼 있다던데. 진짜예요?"

진짜면 구경 가서 좀 벗겨 오게요, 금칠.

우리 동심회는 아직 가난하거든요.

유청이 또랑한 어조로 받아 친다. 그리 큰 목소리가 아
님에도 병장기 부딪치는 소리를 뚫고 사방으로 퍼져 나갔
다.

"네 녀석이 감히!"

한낱 애송이들이 장문인으로 문파를 이끌어가는 자신의
고뇌와 책임감을 어찌 알랴 싶다.

이 모든 게 점창을 위한 것이었음을!

최석의 눈초리가 매서워졌다.

유청은 앗, 따가워라 하는 표정을 지었지만 전혀 겁먹
은 기색은 아니다.

"너희의 처리는 매향각주가 함이 옳은데, 이러다 그에
게 기회가 가지 않게 될까 봐 걱정되는구나."

조용히 지나쳤으면 최석은 진유청 일행을 잡지 않았을
텐데. 왜 굳이 부리지 않아도 될 호기를 부려 그렇지 않아
도 짧은 생을 더 빨리 끝내려 용을 쓰는 건지 모르겠다.

"저도 그렇습니다. 점창으로도 충분하셨을 텐데 왜 부
리지 않았으면 좋을 욕심을 부려 이름을 더럽히고 인재를
망치셨는지. 그게 안타깝습니다."

유청이 말한 인재가 누굴 뜻하는 건지 모를 리 없는 최석의 눈이 살기로 뜨겁게 녹아 축축하게 젖어 번들거린다.

저놈으로 인해 아끼던 장로와 유망한 제자가 길을 잃고 헤매게 된 것에 대한 분노가 새삼 솟구쳤다.

"어차피 이렇게 된 이상, 그냥은 보내줄 수 없겠구나. 우리와 함께 화산으로 올라가자꾸나."

개인적인 감정을 제외하고라도, 점창이 관군과 대적해 병사들을 학살하는 걸 본 게 마음에 걸렸다.

저대로 놓아 주었다가 화산으로 가지 않고 이번처럼 어딘가에 처박혀서 나오지 않아 시간을 끄는 것도 걱정됐고.

화산의 일을 정리하는 데도 시간이 걸릴 텐데 그것까지 포함하면 무림맹을 너무 오래 비운 게 되지 않겠나.

중도파와 이가연합이 맛있는 걸 다 골라 먹은 후에야 도착해서 궂은일은 나눠 해야 한다는 건 절대 싫었으니까.

"네. 걱정 마세요. 제가 잘 부축해서 모시고 올라갈게요."

"조금 후엔, 가벼운 네 입을 원망하게 될 것이다."

꼴이 어떻든 간에 숨만 붙어 있다면, 전용후도 최석 자신을 책망하진 못할 터.

"모르시죠? 그렇게 말한 사람 엄청 많은데."

유청의 깐족임이 마지막 수위를 넘어서자, 최석의 머릿속에 폭발음이 펑하고 터져 나왔다.

그는 더 이상 아무런 대꾸 없이 검을 뽑았다.

직접 움직이거나 먼저 나서는 일이 거의 없어 전용후로부터 원성을 샀던 최석이 말이다!

유청은 예전부터 사람의 기분을 돋우는 데 탁월한 소질이 있었다.

누군가를 즐겁게 하고 웃게 하고 감동시키는 것도 그랬지만, 살기나 미움, 증오도 몇 배로 증폭시킨다.

그러니 사람으로 하여금 안 하던 짓을 하게 하고, 그걸 곧 실수로 연결시켜 저에게 유리한 방향으로 이끌었다.

그런 건 일부로 하려고 해도 안 되는 거다.

너무 자연스럽게, 아주 은밀하게 세상이 유청의 편이 돼 줬다.

꼭, 지금처럼.

"유청이 저 녀석, 어쩌려고 저러냐? 아무리 저가 강해도…… 저 사람은 점창의 장문인이잖아!"

한수가 여차하면 제 몸이라도 내던질 기세로 중얼거리며 입술을 질끈 깨문다.

채환도 녀석과 같은 생각을 했는지. 병사들을 구하는 와중에도 연신 유청이 있는 방향을 곁눈질로 확인했다.

스윽!

덕분에 평소라면 절대 하지 않을 실수까지 하여 뺨에 긴 상처가 그려졌다.

"대장님! 괜찮으십니까?"

나채환의 얼굴에서 피가 흐르자 놀란 손정우가 다가와 물었다. 나채환은 별거 아니라는 듯 소맷자락으로 얼굴을 슥슥 닦은 후 다시 검을 놀렸다.

쉬이이익!

두 개의 기운이 소용돌이치며, 본격적으로 부딪치기 시작했다.

콰콰쾅!

검에서 뿜어져 나온 힘이라곤 생각하기 어려운 극한의 경지가 사람들의 눈앞에 펼쳐진다.

유청의 온유한 기운이 최석의 예리한 칼날을 붙잡고 품어 안았다. 그리고.

뻐억!

손에 날을 세운 유청이 최석의 목 뒤를 후려쳤다.

그 이후론 아무도, 어떤 말도 하지 않았다.

순식간에 상황이 종료됐다.

훨씬 숫자도 많고 계속 싸움을 이어갔으면, 판도가 어찌 뒤바뀔지는 아무도 몰랐지만……

장문인 최석이 천둥벌거숭이 같은 진유청의 손에 쓰러진 이후 점창의 무사들은 검을 들지 않았다.

그들은 자기들이 본 걸 이해할 수가 없었다.

저기 서 있는 놈이 그 유명한 진이현도 아닌, 그의 동생 진유청임에야. 사고가 완전히 멈춰 버린 채였다.

"구해주셔서 감사합니다."

윤중현이 일행 중 가장 배분이 높은 소운찬에게 인사를 했다.

"별 말씀을요."

소운찬이 겸손하게 대답했다.

좀 전, 점창의 장문인이란 자가 부린 패악을 똑똑히 본 참인데 화산의 장문인은 달라도 너무 달라 윤중현을 당황스럽게 했다.

비록 반도로 누명을 쓰고 쫓겨 다니는 신세라 해도, 어쨌든 장문인은 장문인이지 않은가.

"근데 점창과는 왜 싸우고 있으셨던 거예요?"

피를 토하며 쓰러진 점창의 장문인을 화산의 대장로 악기태 옆에 눕히고 나온 유청이 물었다.

윤중현은 이 어린 청년이 자신은 쏘아져 오는 살기를 받아치는 것도 힘들었던 최석을 이겼다는 게 여전히 믿기지가 않았다.

"제 말 못 들으셨습니까?"

유청이 다시 한 번 대답을 채근한 후에야 정신을 차린 윤중현이 아아, 하고 작게 신음을 흘리며 입을 열려다가 조겸을 바라봤다.

조겸은 어떻게든 이 청년과 말을 섞어보고 싶은지 그답지 않게 안절부절못하고 있었는데. 그게 눈에 들어온 모양.

"네가 말해라. 나는 병사들을 보고 오겠다."

저리 훌쩍 자리를 뜨는 것도 상대방을 무시하는 처사가 돼서, 첫인상에 나쁜 영향을 미칠 텐데. 저러니 출세를 못 하시는 거다.

배려해 주는 마음이 있는데 그걸 부드럽게 표현할 방법은 모르는 사내라 사실, 조겸은 그 투박함이 더 마음에 들긴 하지만.

"좋은 분이신 거 같습니다."

유청도 눈치 하면 빠지는 이가 아니다 보니, 윤중현의 행동을 오해하지 않고 읽을 수 있었다.

조겸이 머릴 긁적인다. 그걸 읽을 수 있다는 건 자신이 주위를 맴돌았다는 것도 알고 있단 뜻이 되니까.

조겸은 얼마 전 화산의 매향각주를 보고 대단하다 혀를 내둘렀건만 이번에 마주친 이들은 더욱 휘황찬란해 눈이 부실 정도였다.

게다가 황태자 전하의 직속이라는, 자신도 얘기로만 들어봤던 초린대와 그 대장까지 합류해 있는 무리가 아닌가.

제 눈으로 목도한 사실만 아니었다면 겉보기론 진유청이란 청년은 일행 중 가장 별것 없어 보이는 이였다.

그 비범함을 확인한 뒤 저 평범한 모습을 보니 오히려 더 놀랍고 대단하게 느껴지는 거지.

조겸이 마른침을 삼킨 뒤 그간의 상황을 설명했다.

초린대가 있으니 생판 남은 아니라 여겼고. 자신들을 구해준 이에게 기밀도 아닌, 사건이 일어난 경위를 설명하는 정도니 문제될 게 없다 여겼다.

"제가 백호 중 몇 명, 감이 이상한 이들을 꼽아 두었는데 그들이 무림인만 보면 달려들어 사고를 치려 하는 겁니다. 일전엔 화산의 매향각주님과도 그럴 뻔했고요. 화산의 매화각주님이면 출신이 확실하고 불온한 무리로 볼 증거가 하나도 없는 이상 건드릴 수 있는 이가 아니지 않습니까. 정말 큰일이 날 뻔했습니다."

불온한 무리라.

유청은 긴 이야기 중 자신들과 연관이 있을 수 있는, 딱 하나의 핵심을 짚어냈다.

"불온한 무리를 찾아 섬멸하기 위해 이곳으로 오신 겁니까?"

말을 하다 자신이 실수를 했나 싶어 조겸이 쩔쩔 맸다.

"그, 그게……."

"염려 마십시오. 이미 엄청 큰 사고가 터진 참인데, 그 정도 이야기가 흘러나온 게 무어 대수겠습니까."

진유청이 은근한 어조로 눈을 반짝였다.

틀린 말은 아니지 않은가. 그가 조겸의 눈치를 살피다 살그머니 말을 이었다.

"저기 초린대에 있는 사람들 중 금의위 출신은 물론 유사시에 실권을 갖을 수 있는 별진무까지 있지 않습니까? 직급상 상관에게 하는 말은 별도로 표기된 기밀이 아닌 이상, 큰 문제가 되진 않을 겁니다."

유청이 채환을 불러들여 옆에 세웠다.

아, 이 쓸모 있고 든든한 자식.

쓸데없이 썩은 재료에게까지 상냥한 남자인 한수랑은 하나부터 열까지 비교되는 게……

학관의 개 두 마리 중 한 마리라도 정상에 가깝게 자라 줘서 참 다행이란 생각이 들었다.

나채환이 저에게 쏟아지는 유청의 시선을 외면한 채로, 조겸에게 말했다.

"얘기해 보라. 나도 명령을 받고 이곳까지 왔는데 아무래도 서로의 이야기에 공통점이 있을 거 같군."

카랑한 바람이 부는 섬서 아닌가.

땅이 넓다 하나 이 땅을 움직이는 최상위층의 세력은 딱 정해져 있고. 그들이 채환의 목표이자, 윤중현과 조겸을 움직인 배후일 터.

아직은 윤중현과 조겸이 놓는 대로 움직인 장기판의 말일 뿐인 건지, 아니면 제 의지로 이 일에 동참한 건지 확

신할 수 없지만, 앞뒤를 맞춰 나가다 보면 속을 짐작할 수
있게 되리라.

　전용후는 사부가 집무실로 사용하던 곳을 임시로 사용
하여 일을 했다.
　사부의 취향대로 꾸며진 화려한 공간은 전용후에겐 맞
지 않았으나, 그렇다고 싫지도 않았다.
　사부는 주지 않으려 했지만 자신은 결국 차지했다는,
전리품의 성격엔 딱 들어맞았으니까.
　평소 진중하여 큰소리 내는 일이 드문 전용후는 근래
들어 언성을 높이는 일이 꽤 잦아졌다.
　그만큼 쉬지 않고 경악스러운 일이 연속해서 터지고 있
다는 뜻.
　"뭐라고?"
　화산 인근에서 벌어졌던 일이 본산에 있던 전용후에게
전해진 건 그로부터 조금 더 시간이 흘러서.
　전용후는 부들부들 떨리는 손끝을 다른 이들이 볼 수
없게, 제 무릎 위에 가만히 내려놨다.
　"점창 장문인이 대장로님과 같은 마차에 실려 이동 중
이라고……."
　마창기도 차마 믿을 수 없는 이야기였던지라 목소리에
힘이 실리지 않았다.

"점창과 부딪쳤었다는 관군은? 그들은 동행하고 있나?"

"네. 함께 이동하고 있다고 하는데 화산까지 들어오려는 건지는 모르겠습니다."

뭐가 어떻게 꼬이면 이런 우습지도 않은 상황이 줄줄이 일어날 수 있는 건지 도통 짐작도 가지 않았다.

처음 사부와 척을 지고 돌아선 뒤 화산을 위해, 자신을 위해 여러 가지 일을 계획하고 실행했는데 그중 단 한 가지도 제 뜻대로 흘러간 게 없었던 것이다.

게다가 이젠 사부와 사제에 이어 진유청의 존재감까지 전용후를 압박하고 있었으니.

장문인들 중에서도 수위에 꼽는 무공을 지닌 점창 장문인 최석이 몇 번 검을 겨루지도 못하고 쓰러졌다는 게 과연 진실일까?

"화산검수들과 제자들을 내보내라. 반도들이 직접 화산으로 왔다면 그에 맞는 대우를 해줘야지. 반도들을 잡아오는 이에게 전에 없었던 큰 상을 내리고, 그에 맞는 특별한 대우를 해주겠다고 일러라."

어금니를 꽉 깨문 전용후가 마창기에게 말했다.

반도들이 스스로를 죄가 없다 당당하게 여긴다면, 그깟 것. 만들어주지.

동문의 피를 밟고 화산에 올라선 뒤에도 고개를 빳빳이

들고 그런 말을 할 수 있을지, 내 지켜보겠다.

마창기는 제자들이 술렁이고 있는 이때에 전용후의 명령이 어떤 역효과를 불러들이진 않을지 걱정스러웠다.

하나 전용후가 누군가. 그가 거기까지 생각해 보지 않았을 리가 없지 않은가.

그럼에도 불구하고 그런 결론이 나왔다면, 마창기 자신은 따르는 게 도리.

"알겠습니다."

마창기가 머릴 작게 숙여 보인 다음 대장로의 집무실을 나섰다.

화려하기 그지없는 방 안에 무표정한 얼굴로 홀로 앉아 먼 곳을 응시하고 있는 전용후는…… 조금도 행복해 보이지 않았다.

"곧 보게 되겠구나."

그의 건조한 목소리가 바닥에 낮게 내리깔렸다.

第八章

내가 없는 나의 지옥!

“그러니까 여러분은 미끼였던 겁니다.”

대충 서로의 이야기가 끝나자, 유청이 윤중현과 조겸을 향해 말했다.

황학용은 도지휘사인 박찬희의 신임을 받는 윤중현을 서안에서 멀리 떨어트려 화산으로 보냄과 동시에 그를 제거할 음모를 꾸민 거다.

섬서로 넘어오는 불온한 무리를 처단하라는 애매한 명령을 덧붙여서.

여기서 웃긴 건, 황학용이 지적한 불온한 무리는 진유청 일행이 돼야 옳았겠지만 꼭 집어 그렇지만도 않았다는 것.

윤중현이나 조겸은 유청 일행에 대한 어떠한 설명도 듣지 못했다고 하지 않는가!

그러니 두 사람에겐 섬서로 넘어오는 모든 무림인 무리가 의심의 대상이었고, 인의회도 예외는 될 수 없었다.

인의회를 제외해야 할 어떠한 근거도 두 사람에겐 없었으니까.

한데 황학용은 거기서 멈추지 않았다.

혹시 모를 만약을 대비해 윤중현과 반대되는 성향인 강천호를 매수하고 그의 심복인 백호들 몇을 미리 윤중현에게 보내놔 이곳으로 데리고 오게 한 것이다.

그들이 바로 조겸이 주의해 살펴보던 백호들로, 껄끄러울 만한 이유가 있었다.

화산 인근을 수색하는 와중에 백호들 몇이 방종하여 날뛰면 무림인들과 얽혀 싸움이 벌어지지 않을 수 있을까?

아마, 없을 듯.

저들은 일단 싸움을 붙인 다음엔 뒤로 슬슬 빠져 꽁무니를 뺄 계획이었던 거다.

"윤 천호는 관직에 있는 이이니, 여기 계신 진 공자님이 저 사람과 싸워 피를 보게 되면 그 죄를 동심회에 묻고. 만약 인의회와 다툼이 일어 윤 천호가 죽게 되면 그걸 그들의 약점을 잡은 걸로 해 제 마음대로 휘두르려는 수작이었나 봅니다."

황학용의 몇 수를 중첩해 놓은 악독함에 놀라 안색이 희어진 손정우가 말했다.

돌아가는 상황을 보건데, 섬서의 도지휘첨사로 있는 기숙부께서 손정우 자신을 함정으로 몬 것 같지 않은가.

아직도 믿고 싶지 않고, 믿을 수 없는 일이긴 하나 이것이 혼자만의 일이 아니고 태자 전하를 비롯해 많은 이들의 운명이 걸려 있는 중요한 문제이다 보니 절대 아닐 거라고 계속 부정만 할 수는 없는 일이었다.

"괜찮으십니까?"

윤중현의 낯빛이 너무 어두우니 유청이 걱정스레 물었다.

"도지휘사 어르신께서 위험에 빠지셨으니, 빨리 서안으로 가봐야 하지 않겠습니까?"

"가야지요."

유청도 윤중현의 의견에 동의했다. 가긴 가야지. 얼른 화산의 일을 끝낸 다음에 말이다.

"혹시 유청이 너는 화산이 관의 일에 간섭한 듯 보여 오해를 살까 걱정하는 거냐?"

그래서 화산의 일을 먼저 정리해 일행 중 무림과 관련된 이들은 이곳에 두고 초린대만 데리고 서안으로 떠나려는 게 아닐까 싶었다.

"단순히 오해받을까 봐서가 아니다, 채환아."

유청이 진지한 얼굴로 그를 보더니 말을 잇는다.

"잘못하면 반역으로 엮일 수 있는 일이다. 현재 섬서에서 일어나는 모든 일들은 한 발작만 잘못 들여도 빠져나올 수 없는 진창에 몸을 맡기는 꼴이 된다."

화산만의 일이 아니라 동심회, 더 나아가선 무림의 문제가 될 수도 있었다.

그런 위험한 걸 손쉽게 해 처먹으려 한 인의회의 배짱이 놀라울 정도.

물론 그들도 일이 이렇게까지 커질 줄은 예상치 못했던 것 같지만 말이다.

"절대, 너와 태자 전하의 일이 화산의 그것보다 가볍거나 급하지 않게 여겨 뒤로 미뤄둔 게 아니다. 둘 다 살 수 있는 방법을 선택했기에 그런 것뿐이었지."

그리고 지금 전개되는 상황으로 보건데, 그건 정말 잘한 판단 같았다.

연이상단주는 만반의 준비를 하고 있었고, 섬서를 움직이는 관의 세력은 이미 모두 그의 손아귀에 쥐어져 있는 듯했다.

나채환은 고개를 끄덕였다.

유청의 말을 믿는다. 녀석은 정말 그러했을 것이다.

유청은 지금까지 초조했을 텐데도 한 번 내색하지 않은 나채환에게 앞으로의 일에 대해 이야기하려 했지만 방해

꾼이 찾아왔다.

"마중인가?"

나채환의 중얼거림에 유청이 고갤 저었다.

"칼 들고 살기 풀풀 풍기며 달려 나오는 걸 마중이라
할 순 없지."

험난한 기운이 공기를 따갑게 흔든다.

유청은 뒤쪽에서 걷는 속도에 맞춰 천천히 이동하는 마
차로 걸어갔다. 마부석에 앉아 있던 화산 제자가 말고삐
를 잡아당겨 말의 다리를 멈추게 한다.

"한수야!"

유청이 마차를 두드리며 녀석을 부르자, 문이 열렸다.

보통의 마차보다 넓은 실내는 양쪽으로 마주보고 앉는
의자 대신, 안쪽에 긴 널빤지가 침상 대용으로 놓여 있고.
그 위에 두 사람이 나란히 누워 있었으니.

원래는 쾌적했을 공간이 개조돼 좁아졌는데, 그걸 또
둘이 아닌 셋이 나눠 쓰게 되니 한수는 몸만 겨우 구겨 넣
을 정도의 공간에서 사부를 돌보고 있었다.

유청은 말렸지만, 녀석은 그래도 이게 저가 해야 할 일
이라며 악기태의 독기 어린 눈빛을 꿋꿋이 받아내며 시중
을 들었다.

어쩌다 저렇게 제 속 못 챙기고 바르게 컸을꼬.

보다 보면 열두 번씩 속이 터지는지라 유청이야말로 얼

른 화산을 떠나고 싶은 심정이었다.

생각해 보니, 자경이 형을 참 잘 따랐지 싶은 게 나중에 형에게 부탁해서 저 녀석과 이야기 좀 나눠보라 해야겠다.

"뭘 그렇게 보냐?"

한수가 미간을 찡그린다. 묘한 눈빛이 알알이 박혀오는 게 영 껄끄러웠던 탓이다.

"아니다. 그보단…… 이제 그만 마차에서 나와야 할 거 같은데?"

생각했던 걸 그대로 말해봤자 얻어터지기밖에 더할까 싶었던 유청이 말을 돌렸다.

"어. 화산에서 제자들이 내려왔지?"

한수가 마차에서 내리며 대답했다. 녀석은 발이 지면에 닿자 마차 안으로 고개를 돌려 사부의 상태를 확인한 뒤 문을 닫는다.

유청은 벌어진 틈 사이로 자신들을 노려보는 악기태의 새파란 눈빛과 시선을 마주했다.

으음?

유청이 고개를 갸웃거렸다. 증오와 미움까진 이해하겠지만, 그 너머에서 일렁이는 저 감정은 뭘까?

의아해하던 유청이 한수를 툭 쳤다.

"니 사부는 언제 괜찮아지는 거냐?"

전용후가 먹인 약은 상당히 독한 모양으로, 마차 안에 누워 있는 악기태를 봤을 때 두 사람은 자신들이 보고 있는 게 그 사람이란 사실을 잠시 의심해야 했다.

대장로 악기태의 수발을 드느라 함께 마차에 동승하고 있던 제자의 이야기론 독은 아니라는데 정확한 출처는 알지 못한다고 했고.

그에게 약을 보여 달라 했더니, 자기가 대장로에게 매수당할 걸 대비한 매양각주가 아예 약을 맡기지 않고 본진을 떠나기 전 직접 충분한 양을 먹이고 갔다 하여 정한수의 낯빛을 새파랗게 질리게 만들었다.

"나야 모르지. 그 질문은 화산에 가서 대사형께 하는 게 좋겠다."

이 상태론 화산을 어지럽힌 죄를 묻지도 못할 터.

"한수, 너는?"

"뭐가?"

"너는 괜찮으냐고."

그토록 따랐던 대사형과 갈라지고 이제 서로 적이 됐다곤 해도, 그가 하는 일이 다만 다른 길을 걷고 있는 이들 사이에 당연히 벌어지게 되는 차이가 아니라 이 사람이 자신이 알던 그 사람이 맞는지, 그가 했던 행동이 자신이 알던 것과는 다른 이유가 있었는지에 대해 고민하게 할 정도가 됐으니 충격이 크지 않을 수 없으리.

그런데 한수가 뜬금없는 대답을 툭 뱉었다.

"그것도 물어봐야겠다."

"어엉?"

유청이 고개를 갸웃거렸다. 저가 괜찮은지 안 괜찮은지는 저가 알겠지, 그걸 누구한테 묻는다는 건가?

유청은 그게 무슨 말이냐고 재차 물으려다가 그냥 입을 다물었다. 한수가 뭔가를 골똘히 생각하는 것 같았으니까.

녀석은 잠시 기다렸다 한수가 저를 향해 고개를 돌리자 그의 어깨에 한 팔을 걸치더니 턱 끝으로 화산 방향을 가리켰다.

"가자."

그렇게 힘들어하면서도, 포기할 수 없었던 것을 가지러.

가장 괴로운 순간을, 찬란하게 맞이하기 위해서.

같이 가자, 내가 보아주마.

유청이 녀석을 단단히 받쳐 줬다.

한수가 걸어가는 뒤로, 채환이 붙고. 화산의 제자들이 하나, 둘 줄을 섰다.

앞에 서서 한수가 오길 기다리던 소운찬이 그 광경을 보고 부드러운 미소를 지었다.

"반도들이 어찌 얼굴을 들고 화산에 왔느냐!"

쩌렁쩌렁 울려 퍼지는 목소리가 기세등등했다.

화산에 오르기 전의 첫 관문.

본산에 남아 있던 제자들이 검을 뽑아 들고 몰려나와 소운찬과 정한수를 막아선다.

"당장 돌아가지 못하겠나!"

서슬 퍼런 기운이 공기를 흔들었지만.

"몇 녀석이 선동하는군."

팔짱을 낀 유청이 눈을 게슴츠레 뜬 채 중얼거렸다.

제법 많은 숫자가 벽처럼 자신들을 두르고 있지만 그중 검을 든 이들이 반, 그중 또다시 반이 적의를 뿜어내고 있고, 다른 제자들을 부추기듯 행동하는 이는 거기서도 다시 추려내야 할 정도였으니.

전용후가 수를 쓰는 모양.

다치지 않게 겁을 주어 물러나게 할까?

아니면 저들이 따라오지 못하게 속도를 내어 관문을 통과하는 것도 한 방법.

하나 그런 것들로는 사람의 마음을 움직이지 못한다.

한수가 앞으로 해야 할 건, 보다 많은 제자들을 피를 보지 않고 제 편으로 끌어들이는 것. 그렇게 화산 전체를 품에 안아야 했다.

그리고 유청은 한수가 충분히 잘해낼 거라 생각했다.

왜냐하면, 저 녀석은 아주 이상한 녀석이니까!

남들이 안 하는 것만 하려 들고, 쉽지 않은 어려운 길로 가는 걸 좋아하지 않나.

사람들은 자기가 하지 못하는 걸 척척 해내는 이를 선망하거나, 질투한다.

한수는 그들에게 그들이 가고 싶었으나 가지 못했던 길을 걸어가는 모습을 보여주게 될 것이다.

어렵지만 정직하고, 힘들지만 바른 길.

아무나 갈 수 있지만, 누구도 가려 하지 않는 길을 꼿꼿이 가는 재능 있고 빛나는 청년에게 누가 있어 호의를 던지지 않겠나.

만약 유청 자신도 그런 청년이 주위에 있었다면 분명히 그랬을 거다.

세상의 옳은 기준이 돼 사람들에게 깨달음을 주고 세상을 좀 더 나은 방향으로 이끌기 위해 솔선수범하는 모습이 갸륵하지 않나?

유청 자신이 개고생하는 것도 아니고. 뭐, 어떤가.

박수를 마구 보내주었으리.

그 특별한 사람이 자신의 소중한 친구만 아니었다면 말이다.

"너희가 화산에 오르려면 우리의 시체를 밟고 가야 할 것이다!"

지금껏 들려왔던 말 중 가장 과격한 얘기가 쏟아져 나

왔다.

시작인가?

대치 상태에서 전해지는 팽팽하게 당겨진 긴장감에 사람들의 호흡이 가빠진다. 그 때.

"누가 나를 반도라 합니까?"

한수가 나섰다.

침착한 어조로 대꾸하며, 지금까지 험한 말을 뱉어냈던 이들을 하나하나 눈으로 찍는다.

"누구긴! 대장로님께서……."

청년이 말을 하다 말고 아차했다.

"지금 저와 함께 계신 사부님을 말씀하시는 겁니까?"

한수가 멈춰 서 있는 마차를 가리켰다.

"대장로님을 내놔라. 이제 너와는 인연이 끊어진 분이 아니시냐!"

청년은 한수에게 내려진 파문을 들먹였다.

"그건 또 누가 내게 내린 벌입니까?"

"말장난은 그만하고, 매향각주님의 심려가 크시니 그분께 순순히 대장로님을 돌려드려라!"

마치 한수가 대장로를 인질로 잡고 무슨 짓이라도 하지 않을까 걱정하는 듯했다. 한수가 피식 웃는다.

"과연, 그게 사부님께서 원하시는 바라고 자신할 수 있습니까?"

누구 때문에 저분이 저리 됐는데.

날카롭다기 보다, 슬픈 듯 들리는 목소리에 청년이 잠시 움찔했다.

가장 앞장서 힐난을 퍼붓던 청년이 주춤거리자 다른 이들이 서로 눈짓을 하더니 한 발을 앞으로 내디뎠다.

유청이 한수에게 눈짓을 했다.

피를 보지 않고 이 사태를 해결하고 싶다면, 그게 뭐든 지금이 할 때다. 마지막 기회.

한수가 고개를 끄덕이더니, 허리춤에 차고 있는 검을 검집째 풀어 쥐었다.

그가 무기를 쥐자, 청년들의 얼굴이 경직됐다.

정한수는 누가 뭐래도 화산이 자랑하던 후기지수였고 여기 있는 이들은 모두 가까이서 그의 성장과 발전을 목도했던 이들이다.

그냥도 강했는데, 강호로 나가 경험을 쌓고 훨훨 날아갔다 온 참이니 얼마나 더해졌을까?

뜻 모를 기대와 두근거림이 살기에 더해진다. 한데.

푸욱!

정한수가 손에 들고 있던 검을 바닥에 내리꽂았다.

"나는 내 결백을 주장하기 위해 왔을 뿐입니다. 동문과 검을 겨룰 마음도, 형제와 같은 여러분의 피를 볼 생각도 없습니다. 어찌하다 보니 병환 중인 사부님까지 모시고 오게 됐으니 길을 열어주십시오. 저분의 치료가 우선이고, 나에 대한 건 모두 있는 자리에서 다시 한 번 떳떳하게 밝히겠습니다."

정한수의 목소리가 또렷하게 울려 퍼짐과 거의 동시에.

차앙! 창!

녀석의 뒤편에 서 있던 소운찬과 언인영을 비롯해 화산의 제자들이 무기를 바닥에 내려놓았다.

정한수와 뜻을 같이한다는 지지의 표현이자, 스스로가 당당함을 과시하고자 하는 의지의 표출이다.

"어쩌시겠습니까? 대화산의 제자들이 무방비 상태인 사람들을 베시겠습니까?"

이래도 자신들을 막아설 것이냐 묻는 정한수에게서 흘러나오는 기운이 좌중을 압도했다.

몰려 내려온 본산의 제자들이 아무런 대답도 하지 못하자 정한수가 한 걸음을 앞으로 내디뎠다.

검을 쥔 손이 부르르 떨렸지만, 정한수를 향해 검끝을 움직이는 이는 없었다.

모두가 감탄한 듯 한수를 바라보지만, 여기 한 사람.

씨바! 아주 호기를 부리는구나.

누구 심장 쪼그라드는 게 보고 싶은 거냐!

유청만 조마조마해하며 씩씩거리고 있다.

눈 뒤집힌 놈 하나가 불쑥 튀어나와 칼질이라도 하면

어쩌나 싶은 게. 별의별 걱정이 다 들었다.

하나 다행히 아무 일 없이 두 발자국, 세 발자국……
정한수는 천천히 앞으로 걸어갔고, 그를 가로막고 있던
벽은 양쪽으로 갈라져 길을 내어 주었다.

화산 내부의 일이니, 관과 관련된 나채환과 초린대는
병사들과 함께 여기서 기다리기로 한 뒤 일행은 화산으로
올라갔다.

"그래?"

"네. 지금쯤 거의 다 올라왔을 겁니다."

마창기의 대답에 손에 들고 있던 종이 뭉치를 탁자 위
에 내려놓은 전용후가 몸을 일으켰다.

마창기는 그가 뭘 하려는 건가 싶어 빤히 바라본다.

"다른 사람도 아니고 사부님을 모시고 화산에 온 손님
인데 내가 직접 맞이해야 하지 않겠나."

전용후는 검을 챙겨 들고 집무실을 나섰다.

정한수는 그리운 화산을 눈에 담았다.

그리 오랜 시간이 흐른 것도 아닌데, 떠날 때와 돌아왔
을 때의 감흥이 이다지도 다르다는 게 가슴 한편을 아릿
하게 했다.

"왔느냐."

무엇보다 저기 서 있는 저 사람.

“네, 대사형.”

저 사람이 너무 미우면서도 안타깝다.

“사부님은?”

“들것으로 옮겨, 모시고 왔습니다.”

“시간이 꽤 걸릴 줄 알았는데, 예상보다 빨리 도착했구나.”

제자들을 내보내 걸음을 막으라 했던 걸 애기하는 듯.

“진심이 통했는지, 쉽게 길을 열어주어서 그리 힘들이지 않고 올라왔습니다.”

한수의 말에 전용후가 말아 쥔 주먹을 가늘게 떤다. 하나 얼굴엔 아무런 내색도 하지 않은 채 나직한 어조로 물었다.

“이미 축출된 반도가 다시 화산을 밟은 이유가 무엇이냐.”

“대사형께서 초대하시지 않으셨습니까.”

“내가?”

자신이 언제 그랬냐는 듯이 전용후가 되묻는다.

“네, 대사형께서 그러셨습니다. 하나 그게 아니더라도 와야 했을 겁니다. 저와 장문인이 쓴 누명을 벗기 위해서 말입니다.”

한수의 말에 주위가 술렁였다.

드디어 화산을 반으로 쪼개고, 지금까지 내내 불안하게

뒤흔들었던 비밀이 빛 아래 드러난다.

전용후는 주위를 몇 겹으로 감싸고 있는 제자들을 살폈다.

그가 내린 결론은, 아직은…… 버틸 정도는 된다는 것.

전용후 자신은 순순히 물러나진 않을 거다.

"사부님을 보여다오. 몸이 어떠신지 확인해 봐야겠다."

뻔뻔하기 그지없는 그의 말에 한수가 입술을 깨물었으나, 여기서 사부를 뒤로 숨기면 자신이 오해를 받게 되리.

게다가 대사형이 사부에게 먹인 약이 무엇인지도 알아내야 하지 않겠나. 정보를 얻을 수 있을지도 몰랐다.

한수가 뒤를 돌아보자 당양에서부터 함께했던 일반 제자 둘이 들것에 실린 대장로를 내려놓았다.

초췌한 얼굴에 주름진 눈가. 그토록 기세등등하고 힘이 넘치던 이가 그세 갑자기 늙어 원래 얼굴을 찾기 어려울 정도가 됐다.

"으어……."

악기태가 전용후를 보곤 입술을 우물거리며 신음을 뱉어낸다. 낯빛이 순식간에 어두워진 게 영 불안해 보였다.

"사부님, 괜찮으십니까?"

전용후가 점점 다가가자 악기태가 말 그대로 경련을 시작한다.

"이제 그만하시지요."

정한수가 걸음을 내딛려 하자 전용후가 한 손을 뻗어 그를 막았다.

"처소까지 모셔다 드리는 게 좋겠구나. 약왕전에 사람을 보내 몸 상태를 확인해 봐야겠다."

전용후가 들것에 누워 있는 악기태의 목 아래로 한 팔을 집어넣어 그의 상반신을 들어 올린다.

"잘못된 약을 드신 거 같은데 뭔지를 모르겠습니다. 혹시 대사형께선 아십니까?"

직접적으로 찔러오는 정한수의 이야기를 들으며 전용후는 사부의 몸을 저에게 의지한 채로 일으켜 세웠다.

"나는 모른다. 사부님께서 몸이 좋아지시면 얘기해 주시겠지."

그때까지 전용후 자신이 한 흉험한 짓을 뒷받침할 증거는 어디에도 없을 것이다.

수발을 들던 제자의 증언?

그 따위건 저를 음해하려는 세력의 모함으로 몰면 그뿐.

전용후가 사부를 부축한 채 이동했다. 제자들이 뒤로 물러나 길을 터준다.

둘러싸인 제자들에게서 벗어나 둘이서만 한 길을 걷게 됐을 즘 전용후가 속삭였다.

"약속은 꼭 지킬 테니 염려하지 마십시오."

죽을 땐 꼭, 그토록 원했던 장문인의 자리에서 눈 감게 해주겠단 이야기 말이다.

비록 의식은 없더라도 꿈에서라도 바란 것인 만큼 만족하시리라.

마비산에 다른 약 두어 가지를 더해 먹인 다음, 사부의 상태가 갑자기 안 좋아진 것에 대해서 소장문인을 추궁하고, 그 다음엔 한수에게.

전용후의 머릿속이 복잡하게 돌아가고 있었다.

그래서 그는 느끼지 못했다.

제 어깨에 머리를 툭 떨군 사부가 발에 힘을 주지 못해 발목이 꺾인 채로 자신에게 의지해 질질 끌려가다가 어느 순간부터 갑자기 가벼워졌다는 사실을.

악기태는 제 발로 걷고 있었다.

전용후가 그것을 깨달은 건 서늘한 무언가가 옆구리에 닿은 때.

“그 약속은 아마 지켜지기 어려울 거 같구나.”

살기로 번들거리는 악기태의 눈동자가 스르륵 굴러 전용후를 곁눈질한다.

“어떻게?”

“네가 내게 먹인 약을 누가 구해줬는지 잊었구나?”

전용후는 진유청에게 패배한 뒤 쓰러진 점창 장문인이 충격이 너무 컸는지 깨어나질 않자 악기태와 한 마차에

태워 여기까지 끌고 왔다는 보고를 기억해 냈다.

전용후 자신은 꽤 비싼 값을 치르고 어렵사리 구한 건데, 물건을 판 이가 뒤통수를 치니 기분이 나빴다.

"그 사람은 사부님이 당한 건 절대 잊지 않는 분이란 걸 모르지 않았을 텐데도 악수(惡手)를 두었습니다."

"어쩔 수 없었겠지. 새파란 애송이에게 패배한 장문인이니 눈에 뵈는 게 있겠느냐. 제 실패를 덮을 더 큰 사건들이 터지길 바랄 테고, 그게 죽이고 싶을 만큼 미운 애송이에게 타격을 줄 수 있는 일이라면 뭔들 못하겠느냐."

게다가 독은 아니나 몸을 굳게 하는 마비산이 뼛속까지 침잠해 더 이상 이전의 몸 상태로는 돌아갈 수 없는 자신의 한계를 극복하기 위해 잠재력을 격발시키는 무리한 약을 받아먹었으니…… 복수를 걱정할 게 무어 있을까.

제자의 예상과는 다르게 악기태는 전용후보다 훨씬 더 귀한 걸 점창 장문인에게 주고 원하는 걸 얻었다.

바로, 자신의 남은 생명.

숨만 쉰다고 해서 살아 있는 건 아니니. 악기태는 절대 용서할 수 없는 두 녀석을 데리고 갈 수만 있다면 당장 죽어도 상관없다 여겼다.

"내 너에게 제안을 하나 하마."

"말씀하십시오."

옆구리에 닿은 무기를 쳐내고 몸을 빼낼 수 있을까 재

보던 전용후가 대답했다.

"한수를 이리로, 가까이 불러들여라. 그러면 네 복수는 내가 해주마."

전용후는 사부의 말을 즉각 이해하기 어려웠다.

사부는 무공이 강한 이가 아니었다. 그것은 전용후 자신도 마찬가지.

자신들은 무공이 특출하게 뛰어나 화산의 정점에 선 게 아니었다. 자신들이 화산을 움직인 건 무공 외적인 부분들로 다소 정치적이고 상당히 계산적인 것들에 의해서였으니.

그런데 사부가 자신의 복수를 해준다고? 한수를 죽여주겠다는 건가?

"저보다 한수가 더 미우십니까?"

"그럴 리가 있겠느냐. 세상에 어느 사부가 제 뒤를 쳐 바보로 만든 다음 약을 먹여 병신으로 만든 제자를 용서할 수 있을까?"

부처와 같은 마음을 지닌 자도 어려울 일은 보통 사람보다 못한 심성을 지녔던 악기태가 해낼 수 있을 리가 없다.

"그러시다면 왜?"

"한수를 넘겨주면 너를 풀어주겠다는 게 아니다. 이왕 이렇게 된 거, 한수도 함께 데려갈 기회를 주겠다는 거지.”

이 말엔 아무리 전용후라 해도 얼굴을 굳히지 않을 수 없었다.

악기태는 전용후에게, 이왕 죽을 거 정한수를 함께 데려가자고 하는 것이었다!

악기태는 저를 버리고 소운찬을 택한 정한수가 미웠고, 전용후는 저보다 사부의 총애를 받는 정한수를 싫어했으니까.

“보아라.”

악기태가 전용후를 위협하고 있는 손 말고 다른 쪽 손을 슬쩍 펼쳐 보였다.

거무튀튀한 뭔가가 쥐어져 있다.

“진천뢰(震天雷)?”

관부에서도 관리가 엄격하고 절대 외부로 유출되지 않는다는 화약으로 만든 무기다.

충격을 받으면, 오 장 인근이 초토화된다고 했다.

전용후도 이야기로 들어 아는 거지, 실물을 본 것은 처음.

방심했을 때 한 명을 길동무 삼겠다는 것도 아니고, 무공도 약한 사부가 제자 둘을 한꺼번에 데려가겠다고 자신 있게 얘기할 만했다.

“점창은 연이상단주에게 받은 게 더 많은 모양입니다.”

마비산부터 시작해서 진천뢰까지. 화산이나 모용세가보다 훨씬 밀접한 관계를 맺고 있었던 듯.

그러니 앞에 주도적으로 나서는 걸 더 꺼렸던 모양.

"자, 어쩌겠느냐?"

악기태는 좀 더 상황을 두고 보다 다른 방법을 찾아보고 싶긴 했으나 이대로 처소로 가게 되면 전용후가 언제 손을 써서 허무한 죽음을 당하게 될지 몰랐다.

화산에 자신의 편은 없는 거나 마찬가지.

지금이 적기다.

아직 살아 있고, 손을 놀릴 수 있는 당장 이 순간이.

"선택해라."

악기태가 악마처럼 속삭였다.

사부를 부축해 뒤쪽에 있는 처소로 향하던 전용후가 중간에 걸음을 멈췄다.

"뭐하는 거지?"

금방 다시 나아갈 거 같았는데, 멈춰선 시간이 의외로 길어졌다.

진유청 일행은 물론 다른 제자들도 의아해 하면서도 무슨 이유가 있겠지 싶어 두 사람의 뒷모습을 바라보며 묵묵히 기다리는 중.

전용후가 시선을 돌려 정한수를 바라봤다.

“왜 그러십니까?”

정한수의 물음에 전용후는 사부를 부축한 채로 서서히 몸을 돌려 녀석과 마주봤다.

“별건 아니다만, 할 얘기가 떠올랐구나.”

“그러십니까?”

정한수는 별 다른 의심 없이 전용후에게로 다가가려는데, 유청이 그의 팔을 잡았다.

“일단 대장로님부터 옮긴 다음에, 할 얘기 있으면 하면 되지.”

굳이 저러는 이유를 모르겠으니 영 꺼림칙했던 탓이다.

“사부님과 나, 그리고 저 녀석 사이의 일로 오늘이 아니면 다시는 얘기할 기회가 없을 거 같아 그러는 것이다.”

저 세 사제 간의 관계가 얼마나 고약했는지, 아는 사람은 다 안다.

그렇기 때문에 오히려 더, 전용후의 말은 신빙성이 있었다.

세 사람이 나란히 같은 길을 걸을 수 있는 마지막 날일지도 모르니까.

“걱정 마라. 무슨 일이 있어도 피할 수 있다.”

유청에게만 들릴 정도의 목소리로 무공은 자기가 가장 세단 얘길 돌려 한 한수가 씨익 웃어 보였다.

유청이 품속에서 단검을 꺼내 남몰래 한수에게 넣어준다.

한수는 가져가야 걱정을 하지 않을 거 같아 사양하지 않았다.

한수가 천천히 전용후와 사부가 있는 곳으로 걸어갈 때, 전용후가 한수를 바라보던 시선을 비켜나 녀석의 어깨 너머에서 걱정스런 얼굴을 하고 있는 진유청에게로 향했다.

전용후에게 있어선 아주 드문 일이지만, 단순한 변덕이랄까?

"또 만나서 반갑구나."

저요?

진유청이 검지를 들어 제 코끝을 찍자 전용후가 고개를 끄덕인다.

"아, 예에. 저도 그렇습니다."

전혀 안 그런 거 같은 목소리였지만, 일단 예의는 갖춰 대답했다.

그런데 그걸로 끝일 줄 알았던 대화가 계속된다.

"네가 한수의 가장 친한 친구라지?"

"그렇다고 할 수 있지요."

유청은 미적지근하게 대답했다. 의도를 알 수 없었기 때문이다.

미간을 찌푸린 전용후가 원래도 버릇이 아주 없었던 녀석이라는 걸 기억해 낸 뒤 불쾌함을 털어내고 입을 연다.

"너는 어찌 생각하느냐?"

"무얼 말입니까?"

"세상 모든 게 한수, 저 아이에게는 너무 너그러워지는
게. 저 아이에게는 너무 쉬워지는 게…… 불공평하다 느
껴지진 않느냐?"

제일 가까이에 있었다니 더 잘 알 테지.

전용후는 한수가 그토록 신뢰한다는 저 아이의 입으로
확인받고 싶었다.

하지만.

"픕!"

전용후의 이야기를 들은 유청이 바로 실소를 터트린다.

전용후가 살기가 감도는 서늘한 눈으로 되물었다.

"뭐가 그리 웃기지?"

"아, 별건 아닙니다만. 저는 한수가 항상 어려운 길로
만 가서 불만인데, 매향각주님은 세상이 한수에겐 너무
쉽다 불평을 하시니 재미있어서 말입니다."

"유청아, 그만해."

돌아가는 분위기가 이상해지니 한수가 유청을 돌아보며
손을 내젓는다.

하나 녀석은 아랑곳않고 이어 말했다.

"그러니 매향각주님의 말씀은 틀리셨습니다. 원래 세상
이 별로 안 공평한 게 사실인데, 한수 이 자식한테만은 칼

같이 셈을 해놨다니까요? 공평하다 못해 불쌍하게요."

한수 이 자식은 지 인생 지가 괴롭게 만드는 놈이니, 딱히 틀린 말은 아니리라.

전용후는 한 번도 그리 생각해 본 적이 없었기에 고개를 옆으로 기울인 채 진유청을 빤히 바라본다.

그러다 어차피 자신은 절대 그렇게는 생각할 수 없을 거란 결론에 이르자 사고의 진행을 막았다.

"재미있는지는 모르겠지만, 흥미로운 견해이긴 하구나."

그걸로 끝.

"잘했다. 사람들의 정신을 빼앗는 데는 질문을 던지는 것 만한 게 없지."

눈을 감고 여전히 정신을 못 차린 척하는 악기태가 작게 입술을 달싹인다. 잘 들리지 않을 정도의 크기로.

딱히 그 핑계를 대려는 건 아니지만, 어쨌든 대꾸할 필요는 없겠지.

전용후는 할 것도 해야 할 것도 많은데, 자신의 계획을 단번에 틀어 버리는 사부란 존재가 끔찍했다.

이렇게 허무하게 죽어야 하나? 어떻게 해도 자신은 빠져나갈 구멍이 보이지 않았다.

사부를 가까이 하는 게 아닌데. 그냥 한수에게 데려가게 할 것을……. 상태를 확인하기 위해 직접 부축했다가 그만 이런 사달을 겪게 된 것이다.

그나마 그를 위로해 주는 건 단 하나.

모두가 가질 수 없다는 것뿐.

"대사형, 하실 말씀이 무엇입니까?"

한수가 한 걸음씩 다가오며 물었다.

조금씩 가까이 다가오는 동안 녀석의 얼굴이 점점 더 어렸을 때의 그것으로 변한다.

사형, 사형!

언제나 자신의 뒤를 졸졸 따라다녔다.

사고를 치면 가장 먼저 자신에게 달려와 매달렸다. 다른 이들에겐 생글생글 웃으며 독설을 퍼부었지만 자신 앞에선 시무룩해 할 때도 있고 인상을 찡그릴 때도 있었다.

옛일을 되짚어 보는 걸로 없던 정이 새삼 생겨나느냐고 묻는다면, 글쎄…….

그건, 아닌 듯.

그저 화산의 중심인 자신들 셋이 한꺼번에 사라지면 화산이 어떻게 될지 고민이 조금, 걱정이 약간.

"이제 와 다른 생각하지 마라. 빠져나갈 방도는 없으니까."

실눈을 뜬 채 음험하게 중얼거리는 사부를 보고 있노라니 재미있는 장난이 떠올랐다.

"사부님은 괜찮으십니까?"

한수가 지척까지 다가오자 악기태에게서 뿜어져 나오는 기운이 미미하게 달라지며 부스럭거리는 동작이 감지됐다.

전용후가 한수를 직시했다.

문득 좀 전에 진유청에게 들었던 이야기가 떠올랐다.

"넌 아느냐?"

"무엇을 말입니까?"

"내가 너를 아주 싫어했다는 거 말이다."

한수는 사실, 몰랐다.

그는 전용후를 아주 좋아했고 그도 그렇다고 믿었으니까.

무엇보다 빛나던 눈동자가 상처를 입은 듯 혼탁하게 가라앉자 전용후의 입매가 흐릿하게 치켜 올라갔다.

아주 공평하게도, 전용후 자신에게도 쉬운 게 하나는 있었구나 싶다.

이런 대사형 따위 무시하면 될 것을.

끝까지 그리 못하는 한수를 보니, 저 시건방진 녀석이 한 말이 모두 틀린 건 아닐지도 모른다는 생각이 들게 했다.

"뭐하는 게냐?"

사부가 숨을 뱉듯 희미하게 속삭이며 전용후에게 묻지만, 전용후는 그에게 관심을 갖지 않았다.

옆구리가 점점 뜨끔해지는 건 사부의 손에 힘이 들어갔기 때문이겠지?

"이리 와라."

전용후가 사부를 부축한 손의 반대편 팔을 내밀었다.

한수가 잠시 주저하면서도 이내 그의 팔 닿는 거리로 갔다. 전용후는 한수의 어깨 위에 손을 얹은 뒤 말했다.

"나는 아직도 너를 아주 싫어한다."

"대사형……."

"그러니 너는 살아가라. 내가 없는 나의 지옥에서. 그것이 내가 내리는 벌이다."

갑작스러운 말에 한수가 눈을 깜빡거린다. 이게 무슨 말이지?

전용후가 녀석의 어깨 위에 올리고 있던 손을 거둬들이더니 기운을 불어넣어 손바닥으로 한수의 가슴팍을 강하게 때렸다.

파아앙!

무방비 상태였던 한수의 몸이 뒤로 날아간다.

"한수야!"

유청이 기겁을 해 몸을 날려 녀석을 받을 때.

"용후, 네 이 녀석!"

악기태가 이를 악물고 외치더니 전용후의 옆구리에 대고 있던 칼을 안으로 쑥 밀어 넣었다.

“크흑!”

전용후의 옷자락이 붉은 피로 젖어든다.

사부에게 처음으로 친 장난이었는데 별로 재미가 없으셨나 보다. 전용후도 크게 재미있으라고 한 건 아니었으니 됐다.

전용후가 치명상을 입은 걸 확인한 악기태가 거기서 멈추지 않고 정한수의 위치를 확인하더니 진유청과 함께 있는 걸 보고 비릿한 웃음을 내보이며 진천뢰를 던지기 위해 어깨를 뒤로 젖혔다.

진천뢰가 녀석들을 향해 날아가기 직전, 간신히 몸을 움직인 전용후가 악기태의 팔을 잡아채더니 그대로 바닥에 내리꽂았다.

그의 손에 들려 있던 진천뢰도 함께.

전용후는 자신 또한 폭발의 영향에서 벗어날 수 없음을 알기에 지체 없이 진천뢰의 위로 엎어졌다.

마지막으로 고개를 든 전용후의 눈에 경악으로 일그러진 어린 사제의 얼굴이 들어왔다.

나에겐 지옥 같았던 이 현실이, 너에겐 그렇지 않았다면.

오늘부터 기억해 두려무나.

이제 이곳에 내가 없다는 사실을.

내가 없는 나의 지옥을, 너는 나로 인해 살아가게 됐다는 것을.

그리고 괴로움에 몸부림쳐라!

배 아래 깔린 사부의 몸통이 들썩인다 싶은 순간, 뜨거워졌다.

콰콰쾅!

폭발음과 함께 커다란 충격에 지면이 흔들리고 갈가리 찢어진 살점과 핏방울이 사방으로 흩어졌다.

"잘 돌봐주세요."

유청이 꾸벅 허리를 굽히자, 소운찬이 급히 옆으로 몸을 비틀어 인사를 피했다.

"걱정 말거라. 당연히 내가 해야 할 일이지 않느냐."

그동안 자신은 받기만 했다. 여기까지 온 건 전적으로 한수 덕분이었으니까.

그러니 이번엔 자신이 줄 차례다.

잠시 제 안에 문을 걸어 잠그고 쉬고 있는 녀석이 깨어났을 때 보여주리라.

자신과 화산이 어떻게 변했는지, 얼마나 녀석을 기다리고 있었는지.

유청은 쉬이 발걸음이 떨어지질 않았다.

핏물을 뒤집어쓴 채 넋을 놓고 있던 한수의 얼굴이 잊히지가 않았다.

“대체 무슨 이야기를 한 걸까?”

마지막 순간, 한수를 밀어내기 직전 전용후가 녀석을 향해 무언가 이야기를 했었다.

그게 한수의 상처를 더 깊게 만들지, 아니면 버티고 살아가는 데 힘이 되 줄지 알 수 없으니 답답했다.

사람은 어찌 이다지도 연약한지, 부드러운 몸은 금세 베이고 찢어져 피를 흘리고, 운명의 세찬 파도 앞에선 단숨에 허물어져 바닥으로 잠겨든다.

하나 그럼에도 불구하고 다치는 걸 두려워하지 않는 용기와 원하는 걸 얻기 위해 운명을 이기려 드는 강함 또한, 사람이기에 가질 수 있는 것.

“어서 나아라. 하나 된 화산을 네 날개로 덮어야지.”

유청이 중얼거렸다.

화산을 빠져나가는 그의 눈에 익숙한 얼굴이 담겼다.

“언 장로님!”

언인영이 소리가 들려온 쪽으로 고갤 돌렸다 유청을 발견하곤 화들짝 놀랐다.

“진 공자! 가시는 길이신가?”

과한 반김이 오히려 불편하다. 그래도 할 얘기는 해야지.

“네. 그래서 부탁 좀 드릴려고요.”

“뭐든 말만 하게나.”

"한수가 폐관 수련에서 나올 때까진 장문인 혼자 화산을 꾸려 가셔야 할 텐데, 가뜩이나 혼란이 가라앉지 않은 상황에서 경험도 없으신 분이 혼자 감당하긴 아무래도 힘드실 것 같아서 말입니다."

"마땅히 도와드려야지. 나도 그러려고 했다네."

언인영의 말에 유청이 고갤 저었다.

"그 정도로는 안 됩니다. 죽을 만큼 열심히, 정도면 모를까. 장로님은 모르시겠지만 한수는 채환이나 제게 보통 친구가 아닙니다. 녀석은 물론 소장문인께 일이 생기면 그 때는……."

유청이 게슴츠레 눈을 뜬 채로 언인영을 바라봤다.

뒤는 말하지 않아도 아시리라 믿는다는 여운을 팍팍 담아서.

"그렇지! 그런 일이 있으면 안 되지!"

유청은 식은땀을 줄줄 흘리는 언인영에게서 확답을 들은 후에야 만족했다.

"뭐?"

마차 안에 기절해 있던 사람이 사라지다니.

"그래. 점창 제자들은 그대로 있어서 처음엔 없어진 줄도 몰랐었다."

"이번 화산의 일에 점창 장문인이 엮여 있다는 추측이

사실인가 보네."

유청이 이를 빠드득 갈았다.

한수가 받은 상처가 워낙 커서 자신의 일은 아무것도 아니긴 하지만 어쨌든 유청 자신도 그 자리에 있었던 사람 중 하나다.

보지 않는 게 나았을 일을 봐야 했고, 피를 뒤집어썼다.

당신이 도망쳐 봤자 무림맹 아니면 점창산이겠지. 안 그렇소?

진유청은 절대 그냥 넘어가지 않을 것이다.

착 가라앉은 분위기가 나아질 줄 모르자 채환이 한수에 관해 물었다.

그만큼 좋지 않은 건가 싶어 신경이 쓰이는 듯.

"그런데 한수, 혼자 둬도 되냐? 우리끼리 가도 괜찮으니 옆에 있어 주는 게 어떠냐?"

"사람마다 아픔을 잊는 방법이 다르잖아. 한수가 혼자가 편하다면, 그냥 두는 게 맞는 거겠지."

걱정을 끼칠까 봐 사양하는 게 아니라, 한수는 정말로 피곤해 보였다.

"그렇다면 됐고."

나채환이 화산을 일별했다.

그도 한수를 한 번 보고 가고 싶었으나 유청의 얘기도 있고 하니, 나중을 기약하는 게 낫겠다고 생각한다.

"이제 서안으로 가는 겁니까?"

손정우가 물었다.

그는 빨리 가서 확인해야 할 게 있었으니.

"그래야지요."

유청이 고개를 끄덕였다.

유청은 얼른 가서 복수할 일이 있다.

"그럼, 좀 서두르도록 하겠습니다."

장문인이 자신들을 버리고 갔다는 사실에 수치심을 느껴 얼굴이 말이 아닌 점창 제자들을 풀어준 일행은 윤중현의 안내에 따라 서안으로 이동한다.

그렇게 일행은 화산에서 점점 멀어졌다.

第九章
마음의 크기!

“왜 밥이 아직도 준비가 안 됐어?”

무사들의 성화가 장난이 아니었다.

“장로님들께 올릴 식사 재료가 하나도 없습니다.”

각 문파의 처소에 배정된 숙수들도 울상을 짓는다.

“뒷간은 대체 언제 푸는 건가! 이러다 쌓인 똥이 똥구멍을 찌르게 생겼네!”

품위에 어울리지 않는 소릴 뱉어내며 신경질을 부리는 이들도 늘어나고.

무림맹 전체가 꽉 틀어 막힌 것처럼 흐름이 멈췄다.

무공을 익히고 강호 정세에 대해 논하며 자파의 이익을 생각하는 거 외에 다른 것엔 크게 신경 써 본 적이 없는 이들이 점차 생활을 입에 담고 있다.

방이 더럽고, 음식 가짓수가 줄어들고 빨래가 안 돼 있고.

굳이 말하지 않아도 당연한 듯 준비돼 있고, 어쩔 때 특별한 게 필요하면 말 한마디로 해결됐던 것들이 사라져 버린 거다.

“이게 어찌 된 거요?”

“생활이 되질 않소이다! 생활이!”

제갈건은 자신에게 몰려와 항의하는 이들을 물끄러미 바라봤다.

무식한 중도파 놈들은 그렇다 쳐도 남궁세가의 인물들도 하나, 둘 섞여 있는 게 영 입맛이 껄끄러웠다.

“이건 모두가 동의했던 사항이 아니오?”

“우리가 언제 그랬다는 게요!”

제갈건의 지적에도 말귀를 제대로 알아듣는 이가 없다.

“분명 일전, 회의 때 총관부와 진수당을…….”

제갈건이 설명을 하려 하자 누군가 그의 말을 단번에 잘라 먹은 뒤 반박했다.

“우리는 총관부와 진수당을 압박하는 데 동의했지, 이런 결과가 나오는 데에까지 동의한 건 아니요!”

제갈건은 이들이 자기들이 무슨 말을 하는지 알고서 지껄이기는 하는 걸까 하고 심각한 고민을 해야 했다.

아니, 어쩌면 알면서도 모르는 척하는 걸지도 모르지. 귀찮은 일은 다 자신에게 미뤄두기 위해서.

차라리 그랬으면 좋겠다는 생각이 든다.

말이 안 통하는 멍청이들과 이야기를 나누느니, 차라리 약고 셈 빠른 노회한 여우와 머리싸움을 하는 편이 나을 테니까.

"그 두 곳을 옥죄어 동심회주가 맹 내의 일에서 손을 놓고 물러나게 하고, 무림맹 하급 무사들과 식솔들의 숨통을 조여 진짜 무림맹의 주인이 누구인지에 대해 경각심을 주기 위함이 아니었소이까?"

"그건 그렇소만, 그거랑 이 일이 대체 무슨 상관인 게요?"

"돈을 주지 않으니, 일을 하지 않겠다고 배짱을 부리고 있는 거라오. 저 맹랑한 놈들이!"

"허어. 저것들이 감히!"

아예 그런 경우는 상상도 못해 본 것 같은 반응이 터져 나왔다.

그도 그럴 것이 제갈건 자신 또한 그랬으니까.

무림맹의 식솔이라 부르긴 하지만 그래 봤자 허드렛일이나 하고 잔심부름이나 하는 천한 것들이 주인인 자신들을 향해 반항이라니. 반항이라니!

전혀 예측하지 못한 일이었다.

제갈건은 저들이 누르면 누르는 대로 눌리다, 결국 동심회와 멀어져서 자신들 발밑에 이마를 대고 꼬리를 흔들거라고 믿어 의심치 않았으니까.

"저들이 무슨 대단한 마음가짐으로 저런 짓을 벌였다곤 생각지 않소. 분명 주동자가 있어, 저들을 부추긴 게 분명하니. 주동자를 색출해 문책하는 게 좋겠소이다."

누군가 의견을 냈다.

본보기를 만들어 벌을 주면 겁을 먹은 이들이 다신 그런 짓을 할 엄두를 내지 못하리라.

역시 이들은 머리가 나쁜 게 아니었다.

단순히 생각이 거기까지 가지 않았을 뿐인 거다. 그래야 할 이유도 필요도 없었으니까.

자신이 밥을 안 주면 굶으면서 밥을 줄 때까지 기다리는 게 아랫사람들의 당연한 의무라고 여겼다.

"밑에 아이들에게 사람을 풀라 하여 하급 무사와 식솔들에게 주동자를 신고하면 큰 상을 내리겠다는 소문을 내시오."

제갈건의 말에 모여 있는 이들이 서로 눈빛을 교환하며 고개를 끄덕였다.

이튿날 후. 강일언을 비롯해 몇몇 교두들과 하급 무사 두어 명, 그리고 허드렛일을 하는 청년과 노인 등 대략 스무 명가량이 총관부로 끌려갔다.

“너희는 사람들을 선동해 맹의 기강을 흐트러트리고 윗
분들의 심사를 어지럽혀 맹의 일을 진행하는데 큰 차질을
빚게 했으니 그 죄가 크다. 인정하나?”

사안이 중대하다 보니 총관부의 인물이 아니라, 제갈건
을 비롯해 수뇌부 중 몇 명이 직접 나서서 문책한다.

“왜 대답을 하지 않나! 인정하고 죄를 청하면 감안하여
판결을 내릴 것이다.”

제갈건이 총관부 앞마당에 강제로 무릎 꿇려진 이들을
내려다보며 윽박질렀다.

“계속 버티면 너희만이 아니라 너희와 관계된 이들까지
다칠 텐데?”

청성의 장로 중 한 명이 비열하게 웃으며 뱉어낸 말에
강일언의 얼굴이 일그러졌다.

“우리가 무슨 죄를 지었습니까? 아닌 걸 아니라 하고,
잘못된 걸 바로 잡으려는 게 어째서 벌을 받아야 할 일입
니까?”

절절 끓는 목소리가 총관부를 울린다.

“그래. 아닌 걸 아니라 하고, 잘못된 걸 바로 잡으려
하는 게 벌받을 일은 아니지. 그건, 네 말이 맞다.”

생각지 못했던 동의에 강일언은 물론 그와 함께 끌려온
이들이 깜짝 놀라 고개를 든다.

물론 제갈건과 함께 문책을 진행하던 이들에게선 반박
이 쏟아져 나왔다.

"허어. 그 무슨 말씀이시오? 그럼 저들 또한 벌을 받아
야 할 이유가 없으니 저대로 풀어주기라도 하라 이거요?"

제갈건은 바로 대답하지 않았다.

그는 양쪽의 시선이 놀람과 당황에서 호기심으로 변할
때를 기다려 조금 뜸을 들인 후 입을 열었다.

"내 말하지 않았소이까. 그 자체는 틀리지 않았다고.
하나 저들의 위치가 틀렸소이다. 문제를 제기하는 것은
문제를 해결할 수 있는 위치의 이들에게 내려진 권리 아
니겠소? 아랫사람들의 의견이 분분해 너도 나도 입을 열
어 불평불만을 쏟아낸다면 이 큰 무림맹이 제대로 굴러갈
수 있겠소이까."

강일언에게 네가 너무 주제넘게 나선 게 죄라는 이야기
를 빙 둘러 한 거다.

강일언의 얼굴이 수치심으로 인해 딱딱하게 굳었다.

"동심회가 너희의 배후냐?"

"그게 무슨 말씀이십니까?"

"동심회가 너희에게 무얼 약속했기에 이런 위험한 짓을
했느냐. 말해 보아라. 죄를 가감하는 데 크게 쓰일 것이
다."

맹의 수뇌부들은 이 일에 동심회까지 엮어 보려 수작을

부리고 있는 거였다.

학관을 지키기 위해. 맹을 사랑하는 마음으로. 자신들이 할 수 있는 건 자신들의 손으로 하려 했던 것뿐인데, 저들에겐 그마저도 받아들여지지 않는 모양.

하긴 그 정도로 소통이 가능했다면, 맹이 이렇게 썩어 들어갔을 리가 없겠지.

자조적인 미소가 강일언의 얼굴에 그려졌다.

"웃어? 지금, 웃은 게냐?"

제갈건의 눈썹이 치켜 올라갔다.

그는 요즘 상당히 쌓인 게 많은 상태로 감정의 기복이 컸다. 가주인 제갈인창에게 무시당하고 손가락 빨며 저만 바라보는 타 문파의 사람들에게 질린 거다.

한데 강일언의 행동이 비위를 건드렸다.

자연, 평소보다 격한 반응이 되돌아왔다.

제갈건이 무릎 꿇고 있는 강일언의 앞으로 걸어가 그의 가슴팍에 제 발을 올렸다.

그리고 그대로 뒤로 밀어 젖힌다.

강일언은 밀려나지 않으려 힘을 줬고, 그게 더 제갈건을 불쾌하게 했다.

퍼억!

결국 제갈건이 가슴팍에 올리고 있던 발을 떼어 강일언의 얼굴을 걷어찼다.

한낱 교두 주제에 저렇게 강하다니.

강일언이 입가로 피를 흘리며 쓰러졌다.

"괜찮나?"

동료들이 무릎걸음으로 다가와 그를 감싼다.

"고해라. 저놈이 주동자 중에서도 핵심이라고. 하면 너희는 그냥 보내주두록 하지."

강일언의 존재가 단단히 심사를 뒤튼 듯 제갈건이 호기롭게 말하여 끌려온 이들을 자극했다.

하나 호의를 베풀었음에도 불구하고 꼬리를 살랑거리지 않고, 건방지게 주인에게 송곳니를 드러낸다.

"못 쓰겠군."

퍽, 퍽!

제갈건이 혀를 찬 뒤 잔뜩 기운을 실은 발로 강일언과 동료들을 짓밟기 시작했다.

"말려야 하지 않겠소이까?"

제갈건의 눈이 살기로 번들거리자 장로들이 술렁였다. 아무리 봐도 저건 개인적인 감정을 푸는 걸로밖에 보이지 않았고.

다른 때라면 모를까.

환하게 공개된 총관부 앞마당에서 중인환시에 맹의 공적인 일을 빙자해 사람을 문책하고 있던 중이지 않은가.

책임을 질 수 있는 자만이 문제를 제기할 수 있다는 이야기까지는 괜찮았다. 그러나 저건, 좀······.

이 일을 주목하고 있는 시선이 한, 둘이 아니란 건 느끼고 있었지만 점점 더 숫자가 늘어나자 각 문파의 장로급들이 슬금슬금 뒤로 빠지려 했다.

제갈건을 말릴 엄두는 나지 않고, 분위기는 갈수록 더 험악해졌으니까.

그때 진이현이 총관부 앞마당에 나타났다.

그는 특유의 냉기를 흘리며 주변을 압도했다.

제갈건만이 그의 등장을 눈치채지 못할 만큼 흥분해 있었다.

"그만하십시오."

진이현이 경고하는 소리조차 듣지 못할 만큼, 그래서 진이현은 성큼 다가가 제갈건의 팔을 낚아챘다.

"과하십니다."

"과해? 누가? 내가 과한가, 아니면 너희 동심회가 과하더냐. 너희가 보기엔 무림맹이 썩은 똥통처럼 보이겠지만 그 또한 무림맹을 지탱하는 힘 중 하나였다. 어디 뒤늦게 나타나 저만 옳고 깨끗한 척 얼굴을 들이미나!"

지금껏 무림맹을 이어온 건 바로 자신들인 것을!

"그래서 제갈 소가주께선 똥물이 좋으시다는 겁니까?"

폐부를 찌르는 말에 제갈건이 눈을 부릅떴다. 진이현은 덤덤하게 말을 이었다.

"저는 싫습니다. 동심회가, 내 아버지와 동생이 똥물에서 허우적거리는 건 원치 않습니다. 냄새나는 똥물을 비운 뒤 새 통에 깨끗한 물을 가득 채울 겁니다."

그는 쓰러진 강일언을 일으켜 세운 다음 다른 이들을 부축했다.

어느새 온 건지 동심회 어르신들이 우르르 쏟아졌다.

"누가 자네를 이 꼴로 만들었나! 에잉!"

홍개가 제갈건을 노려본 뒤 강일언의 상처를 돌봤다.

"동심회가 무림맹을 전복하려 밑바닥을 헤집으며 다른 문파에 해를 입힐 행동을 했다는 걸 인정하는 건가?"

제갈건의 외침에 이번엔 진호철이 대답했다.

"인정합니다! 우린 한패 맞습니다!"

너무 당당했다.

"자네가 한 말이 어떤 여파를 몰고 올지는 알고 있겠지?"

공적인 자리에서 동심회를 무림맹에서 축출할 수도 있었다. 하지만.

"무림맹에 속한 동심회와 무림맹에 속한 학관의 교두님들, 무림맹의 일을 꾸려 나가는 식솔들. 우리가 한패가 아니면, 저기 혈사방이 우리와 한 묶음이라도 되는 겁니까?"

제갈건은 자신이 놀림을 당했다는 걸 뒤늦게 깨닫는다.

주위를 둘러보니, 함께 문책을 시작했던 장로들이 자신
과 거리를 두고 멀찍이 서 있는 게 보였다.

"어쩌지? 어쩌지?"
"괜찮으실 거야. 유청 형님네 형님이 가셨잖아."
제갈영이 권오현을 다독였다.
"아니야. 내가 가봐야 하는데."
권오현이 안절부절못하다 상방 오호를 나서려는데 뭔가
가 날아왔다.
퍼억!
권오현의 뒤통수에 맞은 베개가 바닥으로 나동그라진
다.
딱딱한 건 아니었지만 날아온 힘이 꽤 강했는지라 권오
현이 제 뒤통수를 싸매 쥔 채 쭈그리고 앉았다.
"으아아……."
"남궁 공자님은 왜 오현이만 보면 이렇게 시비를 거십
니까!"
제갈영이 으르렁댔다.
그는 남궁혁이 아주 싫었고, 너무 싫었고 상당히 싫었
다. 거기에 있어 재고의 여지는 눈곱만큼도 없을 만큼.
"그럼 니가 말리던지. 총관부에 뛰어들었다가 제 사부
와 같이 치도곤을 당해 목숨이 오락가락하는 녀석을 질질 끌고 오고 싶지 않다면 말이다.”

그러니까, 나를 걱정을 한 거란 건가?

“저게 없으면 누가 나한테 돈을 꿔주겠나.”

그랬다. 오현은 학관에서 유일하게 남궁혁에게 돈을 뺏기는 수련생이었다.

물론 오현이도 워낙 빈곤한 상황이라 평소엔 괜찮았지만 사부나 동심회 어르신들의 심부름을 해드리고 용돈이라도 받은 날엔 꼭 귀신같이 알고 손을 내미는 남궁혁이었으니.

권오현이 뒤통수를 문지르며 한숨을 푹푹 내쉬고 있을 때 문 밖에서 기척이 느껴졌다.

“오현아, 우리 왔다.”

“홍개 어르신?”

권오현이 얼른 문을 확짝 열어 젖혔다. 그리고 보이는 사부님의 얼굴.

“야, 약이 어디 있더라?”

녀석이 정신을 가다듬으며 머릿속을 헤집었다.

“큰일 날 뻔했습니다.”

진호철도 이제야 강일언의 상처를 제대로 확인하고는 눈살을 찌푸린다.

어찌 사람을 막무가내로 끌고 가 저렇게 짓밟을 수가 있나 싶어 마음이 안 좋았다.

“사부님, 여기요.”

권오현이 약통을 찾아와 강일언의 상처를 돌봤다.

오늘의 일이 많은 이들에게 깨달음을 주어, 무림맹의 변화를 한층 더 가속시키는 역할을 했다.

“요즘 무림맹에 오는 손님들이 상당히 늘어나지 않았나?”

“그런 거 같으이. 학관이 진짜로 문을 닫기로 해 그런가? 학관 출신 무림인들이 무리를 지어 찾아와 며칠씩 머물다 훌쩍 가 버리곤 하니 말이네.”

좋은 기억은 아닐지라도 유년을 보낸 곳이니 마지막으로 찾아와 눈에 담는 게 아닐까 싶었다.

“아, 자네 들었나? 밀렸던 품삯에 이자까지 쳐서 주기로 했다는 거.”

“들었지. 이게 다 일전의 그 일에서 동심회 분들이 나서 주신 덕분 아니겠나? 교두님이 큰일 치르실 뻔했는데 그것도 구해주시고 말이야.”

그때 그 장소에 있던 이들이 보고 들은 걸 퍼트린 이후 무림맹 무사와 식솔들은 한층 더 강하게 저항했다.

그렇다고 하여 대놓고 반감을 드러내거나 반박한 게 아니라 이전엔 최소한으로나마 했던 것들을 아예 손에서 놓는 것으로.

수뇌부와 각 문파의 반발이 엄청났기에, 호되게 매질을 당하거나 쫓겨나는 이들도 있었지만 그런 이들은 동심회에서 거둬들였다.

그런 일이 반복되자 중도파와 이가연합은 무림맹 내부를 들쑤시지 않고, 직접 외부에서 사람을 데려오거나 물건을 공수해 오기 시작했지만 그리 오래가진 못했다.

무림맹의 규모가 워낙 큰지라 근방에서 필요 물량을 다 수급해 오지 못한 데다, 날 선 무림인들을 상대하는 데 익숙하지 못한 외부인들은 연일 실수를 해댔기 때문이다.

결국 무림맹의 무사들과 식솔들은 원하는 걸 얻을 수 있었고, 이건 그들의 첫 투쟁이자 자기들의 손으로 해낸 성공의 첫 장이 됐다.

그리고.

"오현아!"

아, 아버지?

방을 정리하던 권오현이 깜짝 놀라 눈을 휘둥그레 떴다.

"오현아, 어미다."

어, 어머니까지!

권오현이 주변을 휘휘 둘러보다 침상 위에 가부좌를 틀고 앉아 있던 남궁혁의 뒤에 가서 숨었다.

남궁혁이 이게 미쳤나 하는 시선으로 바라보지만, 녀석

은 자기한테 신경 쓰지 말라는 듯이 손사래를 쳤다. 그리
곤 남궁혁의 왼쪽 어깨 뒤에서 눈만 빼꼼 내밀어 어머니,
아버지가 있는 쪽을 바라보는데…….

어디 가셨지?

고민은 그리 길지 않았다. 갑자기 귀가 떨어져 나갈 것
처럼 아파 왔으니까.

"으아아악!"

권오현이 비명을 내지름과 동시에 방문이 떨어져 나갈
것처럼 거칠게 열렸다.

콰앙!

"왜, 왜? 남궁 공자가 또 괴롭혔어?"

제갈영이 인상을 쓰며 허리에 양쪽 두 손을 올린 채 씩
씩거리고 있다.

"제갈세가에선 이런 때 주변부터 살피라고 안 가르치더
냐?"

그랬다면 권오현을 기습한 이가 남궁혁 자신이 아니란
걸 바로 확인할 수 있었을 텐데 말이다.

"아아. 남궁세가에선 그렇게 칼같이 잘 가르쳐서 제 핏
줄도 가차 없이 쫓아내나 보네요, 그렇죠?"

나이는 어리지만 제갈영도 제갈세가의 직계로, 권오현
을 만나기 전엔 싸가지 없기로 남궁혁에 뒤지지 않았었다.

둘이 크릉거리며 살벌하게 서로를 노려보자, 방 안의

분위기가 묘해진다.

　"친구니?"

　어머니의 물음에 권오현은 진심으로 심각하게 고민했다.

　"잘 모르겠는데요?"

　"뭐어?"

　중년의 나이임에도 고운 눈매가 살포시 찡그려진다. 그녀는 아들의 귀때기를 잡고 있던 엄지와 검지에 지그시 힘을 더 주었다.

　"아, 아파요, 어머니!"

　"어머니?"

　문 앞에 서 있던 제갈영이 눈을 깜빡거린다.

　그러고 나서 보니 방 안에 오현이와 아주 많이 닮은 중년 사내가 서 있었다.

　그는 기세등등한 여인과는 달리 식은 땀을 삐질거리고 있었는데.

　"부, 부인. 고정하시구려. 저쪽에 있는 소협은 제갈세가의 공자님이라 하고 여기 오현이 앞에 앉아 있는 이는 남궁세가의 공자님이라 하지 않소이까."

　사내 또한 학관 출신으로 상방이 어떤 곳인지 모르지 않건만 왜 쟁쟁한 가문 출신의 공자님들이 자신의 아들과 함께 있는 건지 도통 알 도리가 없었다.

자신이 봐도 자신의 아들은 평범함, 그 자체.

하고 싶은 일이 무림학관의 교두인 소소하다 못해 잘디잔 꿈을 가진 녀석이었다.

"진짜 두 분이 남궁세가와 제갈세가의 공자님들이세요?"

과거에 한가락했을 거 같은 미모의 소유자로, 그러하기에 오현과는 전혀 닮지 않은 중년 여인이 눈을 동그랗게 뜨고 묻는다.

"뭐, 쫓겨나기 전엔 그랬습니다."

남궁혁이 의외로 순순히 대답을 하니 제갈영도 지지 않고 말했다.

"전 아직 쫓겨나기 전입니다!"

역시나…… 그럼, 그렇지.

오현의 아버지가 입맛을 다셨다.

한데 거기서 끝이 아니었다.

"오현이 이 녀석. 부모님이 찾아오셨다면 응당 나한테도 알렸어야지. 그래야 인사를 나누지 않겠느냐?"

열린 문 안으로 고개를 불쑥 들이미는 거지 노인네와.

"와아. 오현이네 어머니셔? 진짜 진짜 예쁘시다!"

까까머리에 앳된 기색이 여실한 스님이 통통 튀어 다니며 부인 곁을 맴돈다.

"아, 인사하세요. 여긴 저희 아버지시고요. 이쪽은 개방의 홍개 어르신과 소림 방장님의 제자인 무진이에요.”

오현의 아버지가 아들을 물끄러미 바라봤다.

혹시 자신이 억지로 권가장으로 끌고 갈까봐 주변 사람들한테 말을 맞춰 달라 부탁이라도 한 건가?

“후우.”

사내가 한숨을 길게 내쉬는 동안, 방 안엔 점점 낯선 사람들이 빼곡하게 들어차고. 그 면면은 가히…….

“여긴 동심회 회주이시자 제 친구인 유청이의 아버님이신 진 회주님이시고요, 그 옆엔 무당의 장문인이신…….”

무림제패도 노려봄 직했다.

그런 이들이 자신의 아들 하나 때문에 상방 오호에 다 같이 모여 자신에게 인사를 한다고?

지방에서 방귀나 좀 뀐다는 그저 그런 권가장의 장주인 자신에게?

“크흥!”

그는 코를 훌쩍이며 아들을 봤다.

마음고생이 심했겠다 싶은 게 너무 안쓰러웠다.

자신이 아무리 부인의 말에는 꼼짝을 못하고 잔소리 신공에 당하면 이레는 앓아누워야 하지만 그래도 이번엔 아들의 편이 되어 주리라.

“아버님, 왜 그러십니까?”

“아무것도 아니다. 그러니, 힘내거라.”

어깨를 두드려 주는 아버지로 인해 권오현이 고개를 갸웃거렸다.

그리고 잠시 후.

"커허헉!"

모여 있는 이들이 진짜란 걸 알게 된 권가장의 장주인 권지묵이 신음을 뱉어내며 뒤로 휙 넘어갔다.

"아, 아버지. 정신 차리세요!"

권오현의 외침이 울려 퍼졌다.

권지묵은 코끝을 스치고 지나가는 청량하고 향긋한 냄새에 눈을 번쩍 떴다.

천장이 보였다. 침상 위에 누워 있는 자신을 느낀다.

"역시 꿈이었구나."

차라리 안도감이 들었다.

"당신, 깨어나셨어요?"

"부인도 일어나신 게요?"

"저야 기절한 적이 없는데 새삼 일어날 게 있습니까?"

부인의 말에 권지묵이 눈동자를 데구르르 굴리다가 상체를 번쩍 일으켰다.

"괜찮으십니까?"

기절하기 전 봤던 얼굴들이 침상 주위에 모여 있었다.

"히이익!"

권지묵이 헛바람을 들이키자 진호철이 나선다.

"몸이 많이 약한 분이신 것 같으니 갑자기 말을 걸거나 얼굴을 들이미는 짓은 삼가도록 합시다."

"그게 좋겠소."

청기자와 다른 이들이 동의를 표했다.

"아버지, 언제부터 그러신 거예요?"

권오현이 걱정이 가득한 얼굴로 묻자 권지묵은 당황스러웠다.

대체 뭘 말인가?

"너무 걱정 말게나. 긴 여행에 피로가 쌓인 데다 뭐에 그리 놀랐는지 맥이 불안정해져 그런 거니까. 급한 대로 대충 치료도 했고."

치료라니? 아픈 데가 없는데 무슨 치료를?

"당신, 이 은혜를 어찌 갚으려고 그래요."

권지묵이 무슨 일인지 전혀 모른다는 얼굴이자 부인이 혀를 차며 말했다.

"은혜라니요, 부인?"

"저기 저 잘생긴 청년이 당신이 쓰러져서 맥이 약하다고 하니까 덥석 뭔가를 먹였는데……."

여인이 주저하자 권오현이 한숨을 내쉬며 대신 말을 이었다.

"소환단이에요, 아버님."

뭐?

"소환단이요. 소림의 소환단, 그것도 목영 선사께서 직접 하사하셨다는 진품이래요."

지금 이 혀와 코에 감도는 청아한 맛과 향이 그거? 그거? 그거?

평생 볼 일이나 있나 싶었던 게 정말 볼 일 없이 목구멍으로 넘어가 버렸다.

권가장을 팔아야 하나?

털썩.

권지묵이 다시금 베개에 뒤통수를 묻은 채 눈을 감았다.

"아버지이!"

이번엔 기절하고 싶은 마음을 표현한 것뿐, 진짜가 아니란 걸 읽은 권오현이 빽 소릴 질렀다.

"그런 일이 있었습니까?"

진호철의 물음에 권지묵이 땀을 뻘뻘 흘린다.

이야기로만 전해 듣던 동심회주가 자신의 아들의 친구 아버지라니. 이거, 참.

자신도 저런 친구 아버지가 있으면 얼마나 좋을까 생각하며 권지묵이 얼른 정신을 챙기고 입을 열었다.

부러워하는 건 이따 마저 해도 되지만 대답은 지금 해

야 했으니까.

"네. 학관 수련생들이 각자의 문파나 가문에 도움을 청했다고 합니다. 교두님들이 위험하니 그분들을 도와달라고. 학관을 자신들의 손으로 지켜야 앞으로 자신의 자식들이 다시 학관에서 서로를 알아가지 않겠냐면서 말입니다."

"그래서 요즘 학관에 드나드는 이들이 많아졌던 거군요."

진호철이 고개를 끄덕인다.

수련생들이 자랑스럽고, 자식과 제자의 의견을 존중하여 몸 사리지 않고 나선 여러 문파와 가문의 결심이 오롯이 빛난다.

무사들이, 식솔들이, 그리고 학관이 바뀌고 있었다.

"근데…… 말입니다."

권지묵이 아주 조심스레 말을 붙였다.

"편히 얘기하십시오. 오현이와 제 아들인 유청이는 남이 아니니 권 장주님과 저 또한 그렇지 않겠습니까?"

오오! 부러워했던 게 다른 형태로 이루어졌다!

그렇다면…….

"소환단 가격도 좀 깎아 주시는 겁니까?"

내친 김에 권지묵은 단도직입적으로 물어봤다.

자신이 원해서 먹은 건 아니지만, 어쨌든 그런 귀물을

받아먹고는 입을 싹 씻을 수는 없는 노릇이었으니. 한데.

"죄송하지만, 그건 안 됩니다."

슬픈 대답이 돌아왔다.

있는 놈들이, 아니, 있는 분들이 더하다고 동심회주쯤 되고 동심회 소속 오가장의 차기 장주쯤 되는 이들이 너무 짠 것 같았다.

"그, 그렇습니까?"

진짜 권가장을 팔아야 하나?

권지묵이 어깨를 축 늘어트릴 때 진호철이 씨익 웃으며 말했다.

"자경이가 말하길 깎아드리는 건 절대 안 되고, 그냥은 드릴 수 있다고 합니다. 만약 뭔가 주시려 하면, 제 값을 다 받을 거라고 했습니다."

권지묵은 방금 한 생각을 깡그리 지워 버리고 눈을 빛냈다.

아들 잘 둔 덕에 기절해서 소환단 하나 날름 삼키고, 동심회주와 친구가 되다니. 이 아니 즐거울쏘냐!

"그 소환단은 처음에 제 막내아들인 유청이가 받아야 할 것을 제가 대신 받아 이현이에게 주었고. 이현이는 보관만 하고 있다 한참 후 제 녀석의 친구인 자경이에게 선물로 주었습니다. 위급할 때 쓰자고 아껴 두었다가 서로 가지라 밀어 넣기도 하고. 그러면서 벌써 십 년쯤 시간이 흘렀는데…… 보물엔 임자가 따로 있는 법이란 말이 사실이란 걸 제가 이번에 확인하게 됐습니다.”

참 역사가 긴 소환단이구나 싶다.

동심회주의 말대로, 아무리 가지려 해도 가질 수 없는 사람이 있고. 가지지 않으려 해도 손에 쥐는 사람이 있고.

생각해 본 적도 없는데 날름 한 입에 삼키게 되는 놈도 있고.

연이 닿으면 모든 게 일사천리요, 그렇지 않으면 아무리 헤매도 원하는 곳으로 갈 수 없으니.

얄궂고도 원망스러운 게 바로 그것이리라 하리요.

“그런데 들리는 얘기에 의하면 오현이를 데려가기 위해 오셨다던데. 정말 그렇습니까?”

진호철이 궁금한 것을 물었다.

“아, 그게 말입니다…….”

권지묵이 머릴 긁적였다.

학관에 난리가 났다 하고 중소 문파나 가문들이 들썩이며 제 자식과 제자 챙기기에 여념이 없다는데, 이놈의 자식은 집에 연락 한 번이 없는 거다.

제 녀석 어미와 자신이 지 걱정을 얼마나 했는데!

교두가 된대서 용돈도 끊고 굳게 마음먹고 먼저 연락도 하지 않았지만 노심초사 기다렸다.

그렇게 참다 참다 결국 폭발해서 이놈의 자식, 다 큰

놈을 억지로 끌고 갈 수도 없고 그냥 두들겨 패기라도 해야 속이 시원하겠다 싶어 달려온 참이고.

아마 자신의 부인도 자신과 비슷한 생각으로 동행한 것 같았는데.

그런 얘길 동심회주 씩이나 되는 분 앞에서 하긴 좀 뭐하고.

"그냥 잘 있나 궁금해서 왔습니다. 집에 아쉬운 소리 한 번 할 줄 모르는 아이고 권가장의 사정이 좋지 않은 걸 아니 다른 수련생들처럼 도와달라 말도 못 꺼내는 거 같아서 이렇게 먼저, 직접 찾아온 겁니다."

빙그레 웃으며 말하는 권지묵을 보는 순간, 진호철은 왠지 모를 동질감을 느꼈다!

한층 더 친근해진 미소로 권지묵을 마주한 진호철이 인사치레만은 아닌 이야기를 건넸다.

"다행입니다. 오현이가 학관은 물론이고 동심회에도 큰 도움을 주어 권 장주님께서 휙 데려가시면 어쩌나 걱정했습니다."

권지묵은 말만 들어도 배가 다 불렀다. 어쩌면 소환단의 효능인지도 모르지만 뱃속이 뜨뜻했다.

아들 칭찬은 언제 먹어도 좋고 계속 먹어도 좋고.

저렇게 잘난 아들인 줄 알았으면 용돈은 끊지 말 것을.

권가장이 있는 지방이 워낙 열악해 무림문파가 많지 않

은 데다 학관이 망해가는 데 왜 아이들을 보내겠냐는 이들이 대부분이라 학관 소식에 너무 무지했던 게 탈.

권오현으로 인해 마음이 상해 일부로 더 모르는 척한 것도 있었지만 말이다.

우연히 학관에 대한 소식을 몇 가지를 전해 듣게 돼서 걱정된 마음에 여기까지 찾아오지 않았다면 자신과 자신의 부인은 아직도 권가장에서 식음을 전폐한 채 아들 걱정에 여념이 없었을 거다.

그러고 보면, 그때 들은 이야기 중 수련생 중 대단한 녀석이 한 명 있다고 하긴 했었는데.

권…… 뭐라고 했던 것도 같고. 당연히 자신의 아들과는 전혀 상관없는 얘기라 여겨 전혀 관심을 가지지 않았더랬다.

너무나 신기하게도. 그게 바로 자신의 아들이었지만 말이다.

권지묵은 갑자기 뜨거운 게 울컥 치미는 걸 느꼈다.

어어? 이게 뭐람?

권지묵이 깜짝 놀라 눈가를 손으로 덮었다.

손목을 타고 흘러내린 눈물이 뚝, 하고 떨어진다.

진호철은 슬그머니 얼굴을 돌려 외면해 주며 말했다.

"아이들은 너무 금세 자라 버리지요?"

권지묵은 대답 대신 연방 손으로 얼굴을 훔치며 고개를

끄덕였다.

두 사람 사이가 한 발자국 더 가까워졌다.

그때, 기척도 없이 문이 벌컥 열리더니 진이현이 들어왔다.

"아버님."

평소와 다른 행동에 더해진 심각한 목소리에 진호철이 긴장한다.

"무슨 일이냐?"

"화산의 대장로와 전용후가 폭사(爆死)했다고 합니다."

천년만년 살 것처럼 패악을 부리던 대장로와 복수와 삶에 집착했던 전용후가 그렇게 한 숨에 가 버렸다는 건가?

"유청이는? 한수와 채환이는 무사하다더냐?"

"그런 것 같습니다만, 자세한 이야기를 들으려면 좀 더 기다려야 할 거 같습니다."

"흐음."

진호철의 얼굴에 걱정이 내려앉았다.

第十章

섬서풍운!

기신양은 근래 들어 작은 일에도 자주 깜짝깜짝 놀라곤
했다.

원래도 대범한 성격은 아니었지만, 황학용과 함께하는
시간이 늘어날수록 기가 빠져나가는 듯.

쉬이 지친다.

특히나 화산에서의 일을 전해 들은 후론 더욱 그랬다.

이전이었다면 관에 속해 있는 자신이 무림의 일에 동요
할 일이 없었을 텐데, 이젠 작은 소식에도 일일이 신경을
쏟게 됐고.

그 탓에 알게 된다.

이번 화산에서의 일에 진천뢰가 사용됐다는 이야기가

조용히, 하나 아주 빠르게 확산되고 있다는 것을.

진천뢰는, 나라에서 관리하며 외부 유출이 금지된 화약으로 만든 귀물 중에서도 첫손에 꼽히는 물건으로, 워낙 수가 많지 않고 임의 사용이 금지돼 있어 파고들다 보면 누구의 손을 떠나 어디로 옮겨갔는지에 대해 비교적 명확히 자료가 남아 있었으니.

진천뢰는 터진 것보다 터진 이후가 더 뜨거운 물건이었다.

게다가 거기서 끝이 아니다.

화산으로 보냈던 윤 천호와 병사들이 초린대와 만나서 함께 움직였다는데까지는 정보가 들어와 있는데 그 뒤로 소식이 뚝 끊어지지 않았나.

황학용은 초린대와 무림인들 무리가 화산으로 먼저 간 걸 아쉬워했었지만, 글쎄…….

만약 이곳으로 왔다면 자신들이 계획한 대로 일이 진행됐을까?

자신은 왠지 그렇지 않을 거 같았다.

그는 자기가 상상하는 최악의 상황이 이미 자신의 등 뒤에서 펼쳐지고 있는 건 아닌가 하는 불안감에 극도로 예민해진 상태였다.

"하아. 이 일을 어쩌면 좋을꼬."

기신양이 혼잣말을 중얼거리며 집 안으로 들어선다.

으음? 왜 이렇게 조용하지?

그가 눈살을 찌푸리며 주변을 돌아본다.

"부인, 어디 계시오? 상현아, 아비 왔다."

가족들은 그렇다 쳐도 어찌 집안일을 하는 하인들까지 한 명도 보이지 않는 걸까?

집이 텅 빈 것 같으니 을씨년스러움이 느껴져 기신양이 소름이 돋은 팔을 손톱을 세워 긁어 내렸다.

"숙부……."

으응? 무슨 소리였지?

기신양이 고개를 좌우로 움직이지만 아무도 없었다. 그때, 뭔가가 오른쪽 귀를 스쳐 지나가며 속삭였다.

"숙부…… 접니다, 정우."

히이익!

기신양이 뒤로 나자빠지며 엉덩방아를 찧었다.

"저, 정우냐? 진짜 정우 네가 맞느냐?"

대답이 돌아오지 않았다.

사시나무 떨 듯 온몸을 덜덜 떨던 기신양이 벌린 다리 사이로 상체를 숙여 흙바닥에 댔다.

"미안하다. 미안해…… 나, 나는 어쩔 수 없었구나. 황 대인이 너무 무서워서. 벌써 나도 모르게 음모에 빠져든 뒤라서……"

변명이 이어진다.

기신양의 집 대문 안쪽의 좌우에 심어진 커다란 나무 위에 올라 앉아 있던 손정우의 얼굴이 어두웠다.

기신양이 제 입으로 그렇다 말했는데, 손정우가 아니라고 그럴 리 없다 우길 수는 없는 노릇이 아닌가.

"죄송합니다."

손정우가 맞은편 나뭇가지 위에 서 있는 진유청을 향해 머릴 숙여 보였다.

일전, 기신양을 의심했던 진유청에게 화를 냈던 일 때문이다.

유청은 아무렇지도 않다는 듯이 웃음으로 답했지만 손정우의 마음은 무거웠다.

"그래도 손 위사는 다음번에 똑같은 일이 있으면 또 그렇게 행동할 겁니다."

윤수일의 말이 곱게 들리지 않았지만 반박하기엔 지은 죄가 있어 참는다.

게다가 그가 한 얘기가 틀리다고 확신할 수도 없었고.

윤수일은 침중해지는 손정우를 보며 고개를 갸웃거렸다. 저는 칭찬을 한 건데 그는 왜 더 기분이 나빠졌을까?

잠시 고민하던 윤수일이 입을 열었다.

"그리고 그게 나에 관한 거라고 생각하면, 나를 그렇게 믿어주는 이가 있다면 참 좋을 거 같습니다."

결국 손정우가 피식 웃었다.

"꼭 믿어 드릴 테니, 윤 위사는 제 뒤통수치지 마십시오. 아셨습니까?"

윤수일이 고개를 끄덕였다.

"그럼 내려갑시다."

기분 전환이 빠른 손정우는 어두운 낯빛을 금세 지운 뒤 발 밑에 나뭇가지를 가볍게 튕겨 몸을 띄운 후 빠른 속도로 낙하에 바닥에 착지했다.

"기 숙부. 고개 드세요."

목소리만 들릴 땐 귀신인가 싶었는데 고개를 드니 다리 두 개가 보이고 좀 더 머리를 뒤로 젖히니 멀쩡한 손정우가 눈앞에 서 있었다.

귀신보단 그래도 사람이 덜 무서운지 기신양이 안도의 한숨을 내쉰다.

그게 꼴 보기 싫었는지 유청이 일부로 그에게 바짝 다가가 중얼거렸다.

"아직 한참 멀었네. 사람이 귀신보다 훨씬 무서운 건데, 그걸 모르시고 말이야."

기신양이 목을 쑥 밀어 넣은 채 어깨를 움츠린다.

"연이상단주와 관련된 정보가 필요합니다."

나채환이 기신양을 내려다보며 말했다. 기신양이 우물쭈물하자 진유청이 그에게 속삭였다.

"쟤는 사람 중에서도 '특별히' '더' 무서운 사람이에요. 조심하시는 게 좋을 겁니다.”

깐족이는 건지, 신경 써주는 건지 알 수 없는 경계에서 기신양이 진유청을 노려봤다.

그는 이 위기를 빠져나가기 위해 열심히 머릴 굴리다 결국 이곳에서 유일하게 자신과 안면이 있는 손정우에게 말했다.

“한 번만 더 내게 기회를 다오.”

“……기회는 얼마든지 더 드릴 수 있습니다만, 오늘의 일에 있어선 제 도움을 바라지 마십시오. 제가 기 숙부를 위해 해드릴 수 있는 말은, 아는 건 그냥 다 얘기하시는 편이 덜 다치시는 방법이란 겁니다.”

여지를 주지 않고 딱 잘라 거절했지만 그럼에도 뒤로 갈수록 어조가 부드러워져 기신양을 걱정하는 기색이 역력하다.

“손 위사는 참 좋은 사람인데, 저런 사람 뒤통수를 그렇게 세게 후려치는 걸로 봐선 관(官)도 무림 못지않게 험한 세상이긴 한가 봅니다.”

유청이 어깨를 으쓱거리며 기신양을 쿡쿡 쑤셔댔다.

“난 오래 기다리는 건 좋아하지 않는 사람이라서…….”

스릉!

달빛에 반사된 은빛 검날이 새파랗게 빛나며 기신양의 눈에 틀어박힌다.

“황 대인께서 시키신 일로, 그분의 뒤에는 연이상단주와 서경왕 주익 전하께서 계십니다.”

처음이 어렵지, 한 번 입을 열자 둑에서 터져 나온 물처럼 말이 쏟아져 나왔다.

“허······.”

유청이 작게 신음을 흘렸다.

배신당했음에도 끝까지 인의로 대하며 마음을 살폈던 손정우보다. 말로 자극하며 속을 긁었던 유청 자신보다.

나채환이 검 한 번 꺼내 드니 바로 종알종알 입을 놀리는 모양새가 왠지 허탈했던 것이다.

물론, 유청의 기분이 손정우만 하겠냐마는.

기신양은 천둥처럼 들리는 유청의 혀 차는 소리를 애써 무시하며 저가 아는 걸 모두 털어놓았다.

이왕 이렇게 된 거, 조금이라도 잘 보여 선처를 부탁하는 것 외엔 자신이 살아날 방법이 없었다고 여겼고.

사실이 그랬다.

기신양에게로 간 일행을 안내한 후 따로 떨어져서 도지휘사사로 곧장 간 윤중현은 조겸만 대동한 채 움직이고 있었다.

데리고 있던 병사들은 오는 길에 산채 하나를 털어 그곳에 머물게 한 상태.

성도를 지키는 병력에 따로 명령을 받고 서안의 입구를 틀어막고 있는 강 천호의 눈을 피하기 위해선 인원을 최소화하는 수밖에 없었기 때문이다.

어둠을 틈타 그늘 속에 숨어 이동하길 몇 번. 도지휘사사 내부는 윤중현에게 익숙한 곳이라 큰 어려움은 없었다.

그렇게 두 사람은 그리 오래 걸리지 않아 박찬희의 집무실 앞에 섰다.

박찬희는 자기의 시간 대부분을 도지휘사사에 있는 집무실에서 보냈기 때문에 윤중현은 그의 자택 대신 이곳으로 왔고.

역시나 그는 집무실에 있었다.

"지키는 이들이 있군."

윤중현은 이마에 깊은 주름을 잡았다. 저들이 지키려는 게 도지휘사 박찬희의 안전은 아니란 게 바로 보였으니까.

만약 저들이 박찬희의 호위무사라면, 외부의 침입에 대비해 바깥쪽에 더 신경을 썼어야 옳았다.

한데 저들은 하나같이 박찬희의 집무실 내부에서 흘러나오는 기척에 귀 기울이고 있지 않은가.

"칠까요?"

조겸에게서 살기가 피어오른다. 소란을 피울 순 없으니 일단 칼을 들면 모두 죽여야 했다.

조겸의 검이 검집에서 손가락 두 마디 정도가 뽑혔을

때 불쑥 내밀어진 손이 그의 검을 다시 검집에 되돌렸다.

"넣어 두세요."

유청이 씨익 웃으며 말했다.

"어떻게 여기까지 오셨습니까?"

조겸의 눈이 휘둥그레졌다.

아까 헤어질 때 정해둔 바로는, 각자 맡은 일을 처리하고 중간 지점에서 만나 황학용에게 가기로 하지 않았나.

"기 대인께서 예상보다 입이 많이 가벼우셔서 말입니다."

유청이 콧잔등을 찡그리며 대답했다.

아주 그냥 칼 한 번 보여준 걸로 십대조 조상까지 뱉어낼 기세였으니까.

하나 아무리 일이 빨리 마무리됐어도 그렇지 거기서 여기까지의 거리야 자신들도 지나온 길이니 제쳐 두더라도.

도지휘사사엔 초행일 이들이 어찌 조금도 헤매지 않고 자신들에게로 온 건지.

"제가 냄새를 좀 잘 맡습니다."

장난스럽게 던진 말에 조겸이 감탄한다.

"그렇군요!"

"일단 저분들부터 재우고, 박 대인을 만나 뵙지요."

유청은 오면서 주운 작은 돌멩이들을 잘그락거리며 말했다.

퍼억! 퍽!

밖에서 잘 익은 수박 쪼개지는 소리가 연이어 들리자 박찬희가 미간에 주름을 잡는다.

그리 큰소리는 아니었지만 신경에 거슬렸기 때문이다.

의자에서 일어난 박찬희가 문을 열고 밖으로 나간다.

"윤 천호와 조 백호가 맞나?"

박찬희가 여기 있을 리가 없는 익숙한 얼굴에 놀라 중얼거린다.

운신에 제약이 있는데다, 하루 종일 감시를 받아 제대로 된 정보를 얻지 못한 박찬희는 아직 화산에서 일어난 일을 알지 못했다.

그가 의아한 듯 머리를 옆으로 기울인 채 정면을 주시하다 윤중현을 돕는 무리를 발견했다.

"관에 저런 이들이 다 있었나?"

관에 속한 티가 확 나는 청년들로 하나같이 재기발랄함이 느껴졌다.

그중에서도 가장 앞에 서서 걸어오는 청년은 가만히 있어도 어둠을 밀어낼 만큼 빛을 뿜어내는 것 같지 않은가!

감탄성을 뱉어내던 박찬희의 눈에 가장 꽁지에서 설렁설렁 걸어오는 청년이 들어왔다.

이상했다.

맨 앞에 선 청년과는 정반대로, 어둠에 묻힌 듯 존재감이 크게 드러나지 않는 이였지만 가만히 보고 있노라면 왠지 시선을 뗄 수 없게 만들었다.

"초린대의 나채환이라고 합니다."

"태자 전하의 직속 호위무사시로군."

박찬희가 기꺼운 얼굴로 그를 맞았다.

태자 전하의 곁에 젊은 인재가 이리 많다는 게 어찌 기쁘지 않을쏘냐.

"태자 전하의 밀명을 받고 왔습니다."

이어진 나채환의 말에 박찬희가 조금 놀란 표정을 지었지만 이내 담담한 신색을 되찾았다.

"혹시 연이상단주에 관한 것인가?"

황태자와 연이상단주가 황궁에서 황제 다음가는 자리를 놓고 벌이는 다툼에 대해 모르는 관료가 어디 있을까?

"네."

"그렇지 않아도 북경의 황궁으로 사람을 보내 섬서의 이상한 기류에 대해 알렸었지."

"아, 그러셨습니까?"

손정우가 눈에 띄게 안도한다.

이번 일의 경중에 따라 기신양이 받을 벌 또한 정해질 테니 신경이 쓰이는 모양.

하지만.

"그게 끝이네."

저도 의외의 결과가 당황스러웠던 건지, 잠시 숨을 가다듬은 박찬희가 일행을 돌아보며 말을 이었다.

"어쩌면 그 사람이 황궁에 당도하지 못하고 암습당했거나, 다른 문제에 휘말렸을 수도 있지만, 나는 그렇게 생각하지 않네."

그 모든 경우를 예측하고 충분히 대비할 수 있는 사람을 준비해 둔 거니까.

그래야 마지막의 마지막에 내려놓는 한 수라고 할 수 있지 않겠나.

"그럼 이 모든 게 정말 폐하의 뜻 안에서 일어난 일이고, 그분은 우리가 연이상단주를 들쑤시는 걸 원치 않는다는 겁니까?"

유청의 물음에 박찬희는 조금 주저했지만 이내 고개를 끄덕였다.

이렇게 재기발랄하고 뛰어난 인재들이 황궁의 일에 휘말리는 건 이 나라의 손실이라 여겼으니까.

"그래도 멈출 수 없습니다. 저는 명령을 받았으니 그걸 이행할 것이고 그것을 어찌할 지에 대해선 태자 전하께서 판단하시겠지요."

나채환이 무표정한 얼굴로 대답했다.

누가 들으면 엄청나게 충성심이 강한 태자 전하의 심복이라 여겨 엄지를 치켜들겠지만…….

유청은 녀석의 속이 유리알처럼 들여다보였다.

이 일이 해결돼야 경찬이네 아버님, 즉, 형부상서 어르신의 입지가 다시 서게 될 테니까 저러는 게 분명했다.

"태자 전하 곁에 자네 같은 인재가 있어 다행이네."

전혀 아니라니까요?

유청이 속으로 혀를 찼지만, 저 꼬장꼬장해 보이는 노인네가 저리 좋아하는데 굳이 기분을 깰 필요가 있을까 싶다.

"도지휘동지 황학용에게 증거가 될 서신과 수결이 찍힌 문서들이 있다고 하던데. 맞습니까?"

"나도 똑똑히 보았으니, 아직 없애지 않았다면 그에게 있을 거네."

박찬희가 확인해 주자, 나채환이 진유청과 눈빛을 교환한다.

산적들이라면 이골이 나게 만나본 자신들 아닌가. 산적들을 털어본 경험도 꽤 되고.

그런 건, 아주 잘할 자신이 있었다.

"이제 그만 가지."

나채환이 말했다.

박찬희의 집무실을 지키고 있던 자들을 모두 기절시켰

으니 이곳에도 곧 소란이 일어나리라.

그리되면 여파가 황학용의 집까지 이어질지도 몰랐다.

일행이 재빠르게 자리를 옮겨 이동하려는데, 유청은 혼자 남은 저 노인네가 자꾸 눈에 밟혔다.

"함께 가실래요? 소싯적에 힘 좀 쓰셨을 거 같은데, 옛날 생각하면서 한바탕 노시는 것도 기분 전환에 좋으실 거예요."

"뭐라?"

박찬희는 평생 자신에게 저렇게 버르장머리 없이 구는 녀석은 본 적이 없었다.

그리고 같이 놀러가자는 제안을 받은 것 또한.

아주 간혹 윤중현이 싸구려 독주 몇 병을 사와 함께 대작한 적은 있지만 말이다.

"싫으세요?"

새카만 눈동자가 천진하게 깜빡인다.

"하하하! 나는 괜찮으니 너나 가서 실컷 놀려무나."

박찬희가 웃음을 터트렸다.

뭐, 싫으시다면야.

유청이 박찬희에게 손을 흔들어 보인 뒤 발끝으로 지면을 가볍게 튕겨 몸을 위로 솟구쳤다.

"허어, 내가 늙긴 늙었나 보군."

저런 은자(隱者)를 눈앞에 두고도 알아보지 못하다니.

머리를 뒤로 젖혀 그가 사라진 하늘을 응시한 채로 박찬희가 중얼거렸다.

황학용은 한참 단꿈을 꾸고 있었다.

화산에서의 소식이 전해져 왔지만 그게 자신의 출셋길을 막지는 못하리라 자신했다.

왜냐하면, 자신은 황학용이니까.

자신의 뒤엔 황제 폐하의 의제인 연이상단주와 황제 폐하께 남은 유일한 형제인 서경왕 주익 전하가 있었으니.

그는 자신의 뺨을 간질이는 뜨거운 숨결에 흐릿하게 잠에서 깨 입맛을 다셨다.

"애희냐?"

그가 허리춤까지 말려 내려간 비단 이불을 끌어당겨 어깨까지 덮고는 새로 첩으로 들인 애교 많고 사랑스러운 여인의 매끄러운 허리로 손가락을…….

"얘가 어디 갔나?"

왜 자리가 비어 있을까?

그것도 이불이 걷혀 있는지 한참된 듯, 사람의 온기가 완전히 사라져 있었다.

의아해진 황학용이 눈을 게슴츠레 뜨고 초점을 맞추려 노력하는데…….

혁!

"누, 누……!"

뒷말은 이어지지 않았다.

유청이 한 손으로 황학용의 입을 막은 채 그를 내려다 보고 있었다.

다른 녀석들은 열심히 방을 뒤지며 증거가 될 만한 문서를 찾기 위해 애쓴다.

하나 황학용쯤 되는 이라면 비밀스러운 물건을 넣어 놓는 아무도 모르는 장소 한, 두 군데쯤은 있는 게 당연하겠지.

그리고 다행히도. 진유청은 그런 걸 아주 잘 찾았다.

덕분에 일행이 황학용의 집에서 머문 시간은 그리 길지 않았고, 원하는 걸 모두 가질 수 있었다.

그렇다 보니 당하는 입장이 된 황학용의 허탈함이 얼마나 컸겠는가.

"잡아라! 잡는 순간 죽여라! 강 천호와 성도 수비대에 연락해서 절대로 저놈들이 서안을 빠져나갈 수 없도록 해라!"

펄쩍펄쩍 날뛰는 황학용의 얼굴은 썩은 돼지 간 빛깔이 돼 있었다.

"진천뢰라…… 크군."

황태자 주태민의 눈이 가늘어졌다.

"일단 군부에 연줄이 있는 이들을 통해 서류를 훑어보고 있는 중입니다."

양효림의 말에 주태민이 만족한 듯 고개를 끄덕였다.

그렇게 몇 가지 이야기가 더 오간 후 양효림이 나가자 이경찬이 인상을 찌푸리며 말했다.

"폐하께서 덮으신 일인데 채환이가 증거를 찾아오면 과연…… 어떻게 될까요?"

"폐하께 칭찬 들을 기대는 아예 하지 말아야겠지."

다만, 그걸로 끝이 아니라는 게 문제겠지만.

"어렵네요."

경찬이 입맛을 다신다.

"뭐가 그리 어렵습니까?"

갑자기 황태자의 정원이 환해졌다.

"황비 마마, 오셨습니까."

벌떡 자리에서 일어난 경찬이 황비에게 인사를 한 뒤 그녀의 곁에 서 있는 서희를 보고 작게 고개를 숙여 보였다.

서희는 새침하게 다른 쪽으로 시선을 돌려 그의 인사를 외면해 버렸지만.

"자꾸 저러다 언젠간 경찬이에게 미움받을지도 모른다고, 서희에게 얘기 좀 해주십시오, 어마마마."

주태민의 말에 서희의 얼굴이 새빨개진다.

"태자 전하, 자꾸 공주 마마를 놀리시면 나중에 제가 또 혼이 납니다."

경찬도 머릴 긁적이며 주태민을 말렸다.

어째 이 녀석들은 어렸을 때나 지금이나 하는 짓이 달라지질 않는지.

어린아이도 귀신이 돼야 살아남을 수 있는 궁궐에서 말이다.

"하아."

주태민이 한숨을 내쉬며 고갤 젓는 모습을 본 황비의 눈가에 수심이 깃들었다.

"태자, 내 해 공공에게 이야기를 들었습니다. 많이 마음이 안 좋으십니까?"

황비가 오해했음을 깨달은 주태민이 피식 웃었다.

"아닙니다, 어마마마. 폐하께선 원래 모든 걸 당신 뜻대로 풀어가는 분이 아니십니까. 서운할 것도 마음이 안 좋을 것도 없습니다."

그분의 자식으로서 갖었던 일말의 기대마저 모두 버린 참이니.

황태자가 무표정한 얼굴로 하는 말이 황비의 마음을 더욱 아프게 짓눌렀다.

"폐하께선 언제나 혼자이셨습니다. 마음을 터놓을 사람

이라곤 오직 의제인 그분밖에 없으셨지요. 태자가 이해해 드리세요."

"……차가 식겠습니다. 따뜻할 때 드세요, 어마마마."

주태민은 자신이 가진 적의를 내보이진 않았지만 그렇다고 해서 거짓으로 제 감정을 덮어두지도 않았다.

여기 있는 이 세 사람이야말로 이 비정한 황궁 안에서 자신의 곁을 지켜줄 이들이었으니까.

"내 얘기한 적이 있던가요?"

"무얼 말입니까?"

"이건 정말 비밀 중에 비밀로, 황궁에서도 아는 이가 거의 없는 얘기입니다."

황비가 탁자 위로 세 아이에게 손짓을 해 머리를 맞대게 했다.

두 아이는 자신이 배 아파 낳은 아이이고, 나머지 한 아이는 태자의 충실한 수하이자 하나뿐인 친구로 딸아이와는 사랑에 빠져 자신을 웃게 하는…… 친자식 못지않게 아끼는 아이였다.

"황제 폐하께서 어릴 적 왼손의 손가락이 여섯 개였다는 거, 모르셨지요?"

"네에?"

고귀한 황족의 몸에 그런 결함이 있었다니.

서희가 깜짝 놀라 토끼처럼 눈을 동그랗게 떴다.

“하나 지금은…….”

주태민이 미간을 찌푸리며 하는 말에 황비가 고개를 끄덕였다.

“그분 스스로 잘라내셨다 합니다.”

어지간한 독심이 아니고서야 어찌 제 손가락을 직접 잘랐을까.

“그런 일이 있었습니까?”

“그렇습니다, 태자. 사실 폐하의 모후이신 이황비 마마께서 폐하가 자라실 때까지 그 사실을 감추고 알리지 않았던지라 후에 그 일이 밝혀졌을 때 선대 폐하의 분노가 이만저만이 아니었다고 합니다.”

황족의 몸에 내린 천형인지라 불길하다 원성을 살까 걱정됐던 건데 결국 더한 독이 돼 돌아왔다.

사람들과 최대한 접촉하지 않게 키운 황자는 독선적이고 흉포한 성격으로 자랐고 결국 선대 황제에게도 알려져 감히 황제를 속인 괘씸죄까지 더해졌으니 말이다.

그래도 선대 황제가 황실의 얘기가 어수선히 외부에 오르내릴 걸 염려해 계속해서 덮어두었으니 그나마 다행인 일.

그러다 어느 날, 황제가 아직은 황자였던 시절 그의 손가락이 다섯 개가 된 뒤.

그는 그 일이 아예 없었던 것처럼 행동했고, 흔적을 지

왔다.

완전히.

완벽하게.

황비는 황제를 사랑했다.

그와 낳은 아이들을 더없이 아꼈다.

그래서 자신이 목숨처럼 아기는 남편과 아들의 사이가 멀어지는 게 너무 가슴이 아팠다.

그리해 그녀는 황제가 알려진 것처럼 오직 오만하고 흉포한 성격 때문에만 배척받은 게 아니라고.

모든 일엔 이유가 있듯 그를 그렇게 구석으로 내몰게 한 상처가 있었노라고 아들에게 얘기해 주고 싶었다.

그녀는 자신의 아들이 그런 것에 감정이 휘둘릴 만큼 섬세하지 못하다는 걸 몰랐다.

그녀 자신이 너무나 사랑하는 남자를 꼭 빼닮았음에도 거기까진 생각이 미치지 않은 거다.

하나…….

이 자리에서 그녀의 이야기에 가장 큰 충격을 받고 놀란 이는 따로 있었으니.

황궁엔 귀신이 살고 있어 그의 여섯 번째 손가락은 거짓의 증거이니 그가 한 약속은 한 줌의 바람과 같다고 했던…….

유청이가 말해줬던 사람.

그거, 그게…… 황제 폐하셨던 거야?

이경찬의 눈동자가 가늘게 떨린다.

천하가 크게 흔들렸다.

〈『귀환! 진유청!』제12권에서 계속〉

귀환! 진유청!

1판 1쇄 찍음 2012년 6월 5일
1판 1쇄 펴냄 2012년 6월 7일

지은이 | 로 토
펴낸이 | 정 필
펴낸곳 | 도서출판 **뿔미디어**

편집장 | 이재권
기획 · 편집 | 심재영
편집디자인 | 이진선
관리, 영업 | 김기환, 임순옥

출판등록 | 2002년 9월 11일 (제1081-1-132호)
주소 | 부천시 원미구 상3동 533-3 아트프라자 503호 (우)420-861
전화 | .032)651-6513 / 팩스 032)651-6094
E-mail | BBULMEDIA@paran.com
홈페이지 | www.bbulmedia.com

값 8,000원

ISBN 978-89-6639-710-5 04810
ISBN 978-89-6359-513-9 04810 (세트)

보건복지부위탁 실종아동전문기관의
『Missing child』 iPhone용 무료 어플리케이션
홍보 캠페인에 도서출판 뿔 미디어가 함께합니다!

《주요 기능》

● 실종된 아동의 사진 및 실시간 발생되는
  실종 아동 사진 검색 및 제보 기능
● 미취학 아동을 위한
  실종 예방 인형극 영상 및
  노래, 애니메이션
● 취학 아동을 위한 유괴 예방 영상

실종아동전문기관 홈페이지 (www.missingchild.or.kr)
또는 애플의 앱스토어에서 무료로 다운로드 받을 수 있습니다.
실종·유괴 없는 행복한 세상을 위해 여러분의 소중한 관심과
많은 참여를 바랍니다.

뿔
MEDIA